디어 라이프

디어 시스터

김혜정 장편소설

차
례

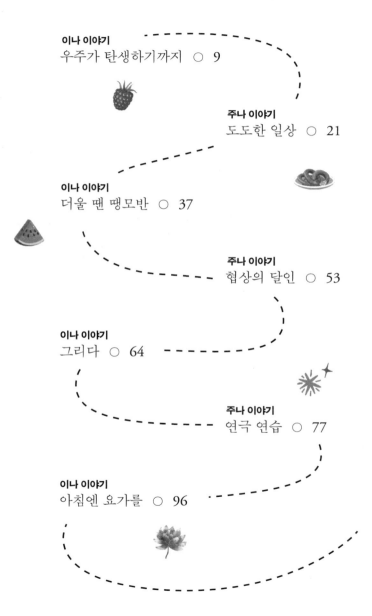

#두도시 #두자매 #메일 #여름방학

그 여름, 우린 가장 멀리 떨어져 있었지만

가장 가까이 있었다.

우주가 탄생하기까지

언니도 잘 도착했지?

잘 지내, 그럼.

이나는 모니터를 한참 들여다봤다. 메일 제목은 '나 잘 도착' 네 글자, 보낸 이는 '주주'였다. 스팸 같아서 열어 보지 않으려다가 클릭했다.

도착했다고 알리면서 동시에 이나를 '언니'라고 부를 사람은 주나밖에 없다. 메일 도착 날짜는 이틀 전이다. 아빠가 연락하라 고 했나 보다. 이나는 답장을 보낼까 하다가 그만두었다. 어제 아 빠와 전화 통화를 했다. 이나와 주나는 연락을 주고받는 사이는 아니다. 주나도 톡으로 보내기는 싫어서 일부러 메일을 보냈을 거다. 톡이 공을 서로 주고받는 탁구라면, 메일은 혼자 공을 던지는 볼링이다. 메일은 동시에 주고받지도 않고 수시로 확인하지 않기에, 메일을 받았다고 해서 답장해야 할 필요는 없다.

이나는 '내게쓴메일함'을 클릭했다. 치앙마이 관련 여행 정보를 찾을 때마다 '내게쓰기' 기능을 이용해 메일로 보내 두었다. 이나는 주로 메일을 저장용으로 사용한다. 지난달 치앙마이행이 결정되고 나서 치앙마이 맛집과 관광지 등 가 보고 싶은 곳을 모았다. 오늘은 치앙마이에 도착한 지 4일째다. 첫날은 저녁에 도착해서 이모 집에만 있었고, 그제와 어제는 이모가 데리고 다니는 곳을 따라다녔다. 이모는 가 보고 싶은 곳이 있으면 말하라고 했다. 오늘부터는 하나씩 정리해 둔 곳을 찾아갈 생각이다.

"이나야, 망고스틴 먹어."

밖에서 엄마가 부르는 소리가 들렸다. 이나는 인터넷 창을 닫았다.

거실 소파에 이모가 길게 누워 있다. 누워 있으니 배가 더 불룩하다. 이모는 출산 예정일을 이틀 앞두고 있다. 이나가 이모 맞은편 바닥에 앉자 엄마가 커다란 봉지를 탁자 위에 올렸다.

"엄마, 이거 몇 킬로야?"

"3킬로."

"엄청 많다."

이모가 기우뚱하고 몸을 일으키며 그 정도는 금방 먹는다며 많지 않다고 했다. 꼭 오뚝이 같았다.

"자, 그럼 한번 시작해 볼까."

이나는 이모에게 배운 대로 망고스틴을 뒤집어 배꼽 부분을 양 엄지로 꾹 눌렀다. 망고스틴 껍질이 양옆으로 열리면서 다섯 쪽의 하얀색 과육이 나왔다. 생긴 건 마늘 같은데 맛은 아주 달다. 이나는 망고스틴을 입에 넣고 천천히 씹었다. 파인애플만큼 상큼하고 코코넛처럼 탱글탱글하다. 이모와 엄마가 허겁지겁 먹고 있어 이나도 속도를 높였다. 이모 말대로 3킬로그램은 많지 않다. 껍질이 두껍고 알맹이는 작아서 금방 먹는다. 누르고, 열고, 먹고를 반복했다.

"아, 배불러."

망고스틴이 몇 개 남지 않았을 때쯤 이모가 소파에 몸을 기댔다.

"다 먹었어?"

엄마가 망고스틴을 까며 이모에게 물었다.

"아니. 언니, 나."

이모가 아, 하고 입을 벌렸고 엄마가 망고스틴 과육을 이모 입에 넣어 주었다.

"역시 먹어도 먹어도 맛있어."

이모가 눈을 지그시 감으며 말했다.

"내가 이거 때문에 치앙마이를 사랑해."

"이모, 어젠 나무 때문이라며?"

"헤헤. 나무도 좋고, 망고스틴도 좋아."

그 말을 하는 이모 얼굴에 미소가 번졌다. 좋아, 하고 말할 때 이모 얼굴은 환해진다.

이모가 치앙마이에 처음 온 건 3년 전이다. 원래 여행을 좋아하던 이모는 휴가 때마다 해외 이곳저곳을 다녔다. 그러다가 치앙마이에 왔고, 작은 부티크 호텔에서 매니저 일을 하던 쿤을 만났다. 치앙마이와 서울을 오가며 1년 연애한 끝에 둘은 결혼했다. 일찍부터 비혼을 선언한 이모였기에, 막상 결혼한다고 했을 때 가족뿐만 아니라 주변 사람들 전부 믿지 않았다.

"언니, 나 결혼해."

"그래, 해. 너도 하고, 이나도 하고, 주나도 하고. 다 해."

엄마는 이모의 말을 장난으로 받아들였다. 하지만 한국에 온 쿤을 보고 나서야 이모의 말이 진짜라는 것을 알았다.

이모는 결혼을 하고 치앙마이에서 쿤과 함께 호텔을 운영 중이다. 쿤이 일하던 호텔을 사장이 매물로 내놓았고, 이모는 쿤을 설득해 그 호텔을 인수했다.

"얼른 치우자."

이나가 마지막 망고스틴 껍질을 탁자 위에 내려놓자 이모가 말했다.

"윤영이 넌 가만있어. 몸도 무거운 애가 뭘 해."

이나가 엄마 말이 맞다는 의미로 고개를 끄덕였다. 이나와 엄마가 재빠르게 망고스틴 껍질을 원래 비닐봉지에 넣었다. 망고스틴은 달아서 빨리 치우지 않으면 개미가 몰려온다. 엄마는 봉지 끈을 단단히 동여매 들고 바깥 쓰레기통에 버리기 위해서 나갔다.

"이나야, 오늘 뭐 할래?"

"나 수박빙수 먹고 싶어."

이나는 아까 찾아본 가게를 이모에게 말했다. 이모는 카페 이름을 듣자마자 유명한 가게라고 했다. 손바닥만 한 미니수박 속을 파서 우유와 수박을 갈아 넣은 것을 담아 다시 볼록한 수박 모양으로 만들고 초코볼로 장식한 빙수는 모양이 아주 예뻤다.

"근데 이모도 같이 갈 수 있어? 집에서 좀 쉬어야 하는 거 아니야?"

"아니야. 많이 돌아다녀야 해. 그래야 아이가 밑으로 내려온다고 의사가 그러더라."

쓰레기를 버리고 온 엄마는 나가서 점심을 먹고, 후식으로 수박빙수를 먹자고 했다.

"윤영아, 빙수 실컷 먹어 둬. 출산하고 당분간 차가운 거 입에도 대면 안 돼."

"왜?"

이모가 물었다. 이나도 그 이유가 궁금했다.

"출산하고 나면 온몸의 뼈가 다 벌어져. 차가운 것도 먹으면 안 되고, 찬 바람도 쐬면 안 돼. 산후조리를 잘해야 해. 그래야 나중에 고생 안 해."

"참, 언니. 사람들이 매운 것도 먹지 말라던데, 진짜야?"

"응. 매운 것도 안 돼."

"언니, 그럼 나 점심에 비빔국수 해 줘. 참, 양념장은 꼭 시판용 쓰고. 알았지?"

이모는 엄마에게 제발 창의적으로 무언가를 만들려고 하지 말고 레시피를 그대로 따르라고 부탁했다. 엄마는 요리 감각이 없다. 맛이 항상 애매하다. 차라리 짜거나 맵거나 달거나 한 가지 특징만 보이면 수정할 수 있을 것 같은데 그렇지가 않다. 짠 것 같기도 하고, 단 것 같기도 하고, 싱거운 것 같기도 하고, 시큼한 것 같기도 하다. 주나는 그런 엄마의 요리를 두고 우주의 맛이라고 표현했다. 블랙홀에 빠진 것 같다는 이유에서다. 그래서 집에서 요리는 주로 아빠가 한다.

"그래. 그럼 점심은 집에서 먹을까?"

이모가 이나에게 그래도 되느냐고 물었다. 이나는 좋다고 했다. 이나도 요 며칠 계속 태국 음식만 먹어서 한식이 먹고 싶긴 했다.

"언니, 나 그럼 점심 먹기 전까지 좀 잘게. 졸리다."

이모가 방으로 들어갔고, 엄마와 이나가 소파 위로 올라와 앉았다.

"나도 쉬니까 좋다."

엄마가 소파에 앉으며 말했다. 이모는 한국으로 가서 출산할까 고민했지만, 쿤이 호텔을 오래 비울 수 없기에 원래 다니는 병원에서 출산하기로 했다. 대신 엄마가 휴가를 내서 산후조리를 도울 예정이다. 엄마가 다니는 회사는 10년 근속하면 직원에게 한 달씩 휴가를 준다. 올해 엄마는 그 휴가를 쓸 수 있게 되었고, 마침 이나와 주나의 여름방학 기간과 이모의 출산 시기가 맞았다. 이나는 주나와 같이 치앙마이에 오고 싶지 않았다. 주나와 한 달 내내 같이 붙어 있는 것만큼 끔찍한 일은 없을 거다. 다행히 아빠가 베를린에 건축 박람회 일 때문에 가게 되면서 주나는 아빠와 함께 가게 되었다. 물론 이나가 주나와는 절대로 같이 있고 싶지 않다고, 주나 모르게 엄마와 아빠에게 부탁했다. 주나와 같이 지내야 한다면 차라리 혼자 한국에 있겠다고 으름장도 놓았다. 결국 이나는 엄마를 따라 치앙마이로, 주나는 아빠를 따라 베를린으로 가게 되었다.

"참, 너 핸드폰 없어도 괜찮아?"

"응. 필요할 땐 이모 컴퓨터 쓰면 되니까."

이나는 어제 수영장에 핸드폰을 빠뜨렸다. 얼른 꺼내서 전원을 끄고 말린 후 켜 봤지만, 여전히 켜지지 않았다. 연락 올 곳도 없고 인터넷이야 컴퓨터를 사용하면 된다.

"나도 좀 자야겠다."

"엄마, 소파에서 자. 난 수영하러 갈래."

이나는 소파에서 일어났다. 아파트 1층에 작은 수영장이 있어서 이나는 이모와 엄마가 일어날 때까지 그곳에서 수영할 생각이다.

느릿느릿 몸이 움직인다. 이나는 선베드 위에 누워 있다. 물을 좋아하는 이나를 위해 이모는 이나보다 더 큰 선베드 튜브를 준비해 주었다. 그 위에 누워 눈을 감고 있으면 바다 한가운데 떠 있는 기분이다. 눈을 떠 보면 주변은 그대로다. 어디론가 가는 것 같지만 아무 데도 가지 않는다. 수영장을 건물이 'ㅁ'자로 둘러싸고 있어 그늘 덕분에 햇볕이 강하지 않다.

출발 전, 치앙마이에 바다가 없다는 것을 알고 이나는 적잖이 실망했다. 태국이라 당연히 근처에 바다가 있겠거니 했는데, 치앙마이는 방콕이나 푸켓처럼 바다 근처가 아닌 태국 북부의 고산 지역에 있다. 대신 이나는 매일 수영장에 온다. 어제 핸드폰을 수영장에 빠뜨린 것도 선베드에 누워서 하늘 사진을 찍다가 그랬다. 이나는 눈으로 보는 하늘을 저장하고 싶어서 욕심을 부렸다. 하늘 사진을 찍고 나서 뿌듯해하고 있는데, 손이 미끄러지면서 핸드폰이 풍덩 물에 빠지고 말았다.

수영장에는 이나밖에 없었다. 아무도 없으니 너무 좋다. 이모는 수영장을 이용하는 건 놀러 오는 외국인뿐이라고 했다. 이나가 집에 수영장이 있다면 매일 이용할 것 같다고 하니, 이모는 욕조를 예로 들었다. 집에 욕조가 있다고 매일 욕조 목욕을 하지 않는 것처럼 여기 사는 사람들은 수영장을 자주 오지 않는단다. 하긴, 욕조 목욕은 1년에 한두 번 할까 말까다. 그래도 욕조와 수영장을 비교할 수는 없다. 욕조는 너무 작다. 물을 좋아하는 이나는 어릴 적에는 욕조에서 물놀이하는 것을 좋아했지만, 초등학생 때 수영을 배우고 나서는 욕조 목욕이 너무 시시해졌다.

수영은 초등학생 때 주나와 함께 배웠다. 처음에는 튜브 없이 물 위에 뜨는 게 두려웠다. 이러다가 물에 빠지면 어떻게 하나 겁이 났다. 선생님은 몸에 힘을 빼라고 했다. 시키는 대로 긴장을 풀고 몸을 물에 맡겼다. 그랬더니 두둥실 몸이 물에 떴다. 물에 뜨는 것부터 시작해서 자유형, 배영, 접영까지 배웠다. 주나는 같이 시작했지만 이나보다 배우는 속도가 느렸다. 주나는 수영장에 갈 때마다 투덜댔다. 귀에 물 들어가는 것도 싫고 수영장 냄새도 싫다고 했다. 물을 좋아하는 이나와 달리 주나는 물을 싫어했다. 한 번은 주나가 물에 빠져서 허우적거렸는데, 그 이후로 곧 수영을 그만두었다. 주나가 못 하겠다고 하면 누구도 더 하라고 권하지 않는다.

이나와 주나는 자매지만 다른 게 참 많다. 아니, 같은 걸 찾기가 어렵다. 외모부터 그렇다. 이나는 엄마를 닮아 눈 코 입이 작지만, 주나는 아빠를 닮아 눈도 크고 코도 크고 입도 크다. 이나는 까맣고 말랐다. 주나는 하얗고 통통하다. 그래서 둘이 자매라고 했을 때 "정말?" 하고 되묻는 사람이 많았다.

이나는 혼자 책 보고 영화 보는 걸 좋아하지만, 주나는 오래 집중을 못 한다. 텔레비전 예능을 보면서 낄낄 웃고 있는 주나를 보고 있으면, '저게 무슨 재미가 있지?' 하고 이나는 이해를 못 할 때가 많다. 이나는 말이 많지 않고 목소리도 작은 편인데, 주나는 말도 많고 목소리도 크다. 이나는 단짝 친구 한 명과 노는 걸 좋아하지만, 주나는 여러 명과 함께 우르르 몰려다닌다. 이나는 조용한 발라드를 좋아하지만 주나는 신나는 아이돌 음악만 듣는다. 음식 취향도 다르다. 외식을 할 때 이나는 집에서 잘 해 먹지 않는 음식들이 먹고 싶은데, 주나는 한식을 고집한다. 제육볶음이나 된장찌개는 집에서도 먹을 수 있는데, 주나는 밖에 나가서도 꼭 그런 걸 먹자고 한다. 가족은 주나가 원하는 대로 할 수밖에 없다. 주나가 징징거리는 걸 견디는 게 더 힘들기 때문이다.

그러니까, 한마디로 주나와는 정말 맞는 게 없다. 자매가 아닌 같은 반에서 만났다면 절대 친구가 되지 않았을 거다.

톡.

얼굴에 빗방울이 떨어졌다. 눈을 떠 보니 하늘에서 비가 내리려고 준비 중이다. 이나는 얼른 튜브에서 일어나 내려왔다. 튜브를 끌고 물 밖으로 나와 선베드 위에 올려 두었던 타월로 몸을 감싸고 현관으로 달렸다.

곧바로 우두둑하고 비가 세차게 내리기 시작했다. 빗방울이 굵

다. 스콜이다. 지금 한국이 장마인 것처럼 치앙마이도 장마인 우기다. 치앙마이는 우기가 길다. 5월부터 10월까지는 우기, 11월부터 4월까지는 건기다. 우기라서 비가 자주 오긴 하지만, 잠깐씩 소나기로 내리고 금방 그친다. 갑자기 비가 내린 후 언제 비가 왔느냐는 듯 해가 쨍쨍 비친다. 역시나 이번에도 집으로 돌아간 이나가 샤워를 하고 나오자 비가 그쳐 있었다.

엄마와 이모가 낮잠을 자고 일어났다.

"수달 아가씨, 수영 잘하고 왔어?"

이모가 머리를 말리고 있는 이나에게 다가오며 물었다. 뒤뚱뒤뚱 걷는 이모는 마치 펭귄 같다.

"이모, 수박빙수."

이나가 씩 웃으며 말하자, 이모는 "알지, 알지" 하고 고개를 끄덕였다.

늦은 오후에 나가 저녁까지 먹고 집으로 돌아왔다. 아쉽게도 수박빙수는 먹지 못했다. 하필 오늘 품절이라고 했다. 이모는 다음에 와서 먹자며 튀긴 게를 카레 양념에 볶은 푸팟퐁카리를 사 줬다. 푸팟퐁카리는 태국 사람들이 많이 먹는 음식인데, 치앙마이는 바닷가 근처가 아니어서 다른 지역만큼 파는 곳이 많지는 않다.

저녁을 먹는 데 2시간 가까이 걸렸다. 음식이 너무 맛있어서 두 번이나 더 추가로 주문을 했다. 이모는 푸팟퐁카리를 먹으며 또

"내가 이것 때문에 치앙마이를 사랑해"라고 했다. 이나도 양념에 밥을 비벼 싹싹 긁어 먹었다. 이나가 먹으면서 여러 번 "맛있다"고 말하니 엄마가 놀란 듯이 쳐다봤다. 한때 이나는 아무 맛도 느끼지 못해 잘 먹지 않았다. 아니, 먹지 못했다. 아무리 맛있는 음식을 먹어도 학교 급식을 먹는 것 같았다. 밥 먹을 때가 되어서 먹었을 뿐이다.

이나는 소파 위에 앉아 태국 방송을 봤다. 무슨 말인지 모르지만 그냥 봤다. 그런데 방학 내내 이렇게 지내도 되는 걸까? 나만 제자리걸음일 텐데. 다들 앞서가고 있는데 제자리에 있다 보면 혼자만 뒤처진다. 아, 별로다. 이나는 멍하니 텔레비전 화면을 바라봤다.

또다시 가슴이 답답해지면서 숨이 막혔다. 이나는 천천히 숨을 길게 내쉬고 들이마시기를 반복했다. 속으로 괜찮아, 괜찮아, 괜찮아, 하고 주문처럼 반복했다. 이나가 심호흡을 하고 있는데 화장실에 들어갔던 이모가 급하게 문을 열고 나왔다.

"언니!"

이모는 숨을 가쁘게 쉬며 말했다.

"언니, 나 양수 터졌어."

도도한 일상

오늘 새벽에 우주가 태어났어. 우주는 남자아이야.

이모는 내일 퇴원해서 우주랑 함께 집에 올 거야.

우주 사진 보낼게.

주나는 첨부된 사진 파일을 클릭했다. 빨갛고 쭈글쭈글하다. 라임이 할머니네 개가 새끼를 낳았다며 보여 준 적이 있는데, 그 강아지랑 많이 닮았다. 세상에 갓 태어난 생명체는 다들 비슷하게 생긴 걸까.

결국 이모는 아이 이름을 우주라고 짓기로 했나 보다. 이모는 태어나기 전부터 미리 한국 이름을 지어 놨다. 우주처럼 광활하고 미지의 삶을 살아가라고 말이다.

주나는 방에 대고 소리쳤다.

"아빠, 이모 아이 낳았대!"

아빠가 "그래" 하고 대답했다. 아빠는 나갈 준비를 하느라 정신이 없다. 아침 9시까지 가야 하는데 8시 20분에 일어났다. 박람회장까지 지하철을 타고 30분이 걸린다. 지각 당첨이다.

언니에게 연락이 올 줄 몰랐다. 언니와 1분 이상 대화한 게 언제였더라. 잘 기억도 안 난다. 작년부터 언니가 좀 변했다. 뒤늦게 사춘기가 왔는지 자주 짜증을 내고 울었다. 집에서 징징 담당은 주나인데 은근슬쩍 이나가 그 자리를 차지했다. 가족은 이나의 눈치를 봤다. 당연히 주나도 그랬다. 같은 공간에서 지내기에 한 명이 만들어 내는 분위기는 다른 사람에게도 영향을 준다. 주나가 말을 걸어도 이나는 듣는 둥 마는 둥 하고 일부러 시비를 걸어도 이나는 가만있었다. 주나가 톡을 보내도 읽기만 하고 답을 보내지 않았다. 그래서 주나도 점점 이나에게 말을 거는 횟수를 줄였다. 엄마와 아빠는 투투 때문에 그런 거니 언니를 이해하라고 했다. 시간이 지나면 괜찮아질 거라면서 말이다. 그 일 때문에 이나는 병원까지 다녔다. 하지만 투투 일이 있기 전부터 언니는 그랬다. 올해 이나는 고등학교에 입학하면서 더 멀어져 버렸다. 중학생인 주나와 한껏 거리를 두었다. 치, 고등학생이 뭐 별건가. 고작 두 살 더 많을 뿐인데 이나는 주나와 엄청 차이가 나는 것처럼 군다.

"너 정말 안 따라갈 거야?"

아빠가 가방을 챙겨 들며 물었다.

"응, 그냥 집에 있을래. 내가 거기 가서 뭐 해."

어제 아빠를 따라 박람회장에 갔는데 심심해 죽을 뻔했다. 거긴 무선 인터넷도 안 된다. 종일 한구석에서 꿔다 놓은 보릿자루처럼 가만히 있을 바에는 차라리 집에 혼자 있는 게 낫다.

"그럼 뭐 좀 챙겨 먹고 있어. 멀리 가지 말고."

"알았어. 내가 알아서 할게. 걱정 마."

아빠는 핸드폰으로 시간을 확인하며 나갔다. 주나도 시계를 봤다. 8시 32분. 아슬아슬하게 9시까지 도착할 수 있을지도 모르겠다.

아빠도 참. 주나는 아빠를 보면 거울 보는 것 같다. 외모만 그런 게 아니라 성격도 주나랑 아빠는 많이 닮았다. 하고 싶은 말은 다 해야 하고 사람들과 어울리는 거 좋아하고 코앞에 닥쳐야 일을 한다. 엄마와 이나가 미리 꼼꼼하게 준비하고 걱정이 많은 스타일이라면 주나와 아빠는 정반대다. 그런 점 때문에 주나는 엄마보다 아빠가 더 편하다. 그래서 아빠를 따라온 건 아니다.

여름방학을 앞두고 엄마와 아빠는 각각 치앙마이와 베를린으로 떠나게 되었다. 엄마와 아빠는 한 사람이 두 명을 다 맡을 수는 없다고 했다. 주나는 얼른 베를린을 골랐다. 가까운 동남아보다면 유럽이 좋지 않은가! 동남아와 유럽 둘 다 한 번도 가 본 적은 없지만, 이왕이면 비행기값이 더 비싸고 친구들이 많이 가 보지 않은 곳을 고르고 싶었다.

그런데 베를린이 이렇게 심심할 줄은 몰랐다. 아는 사람 하나 없고 아빠는 매일 박람회장에 나간다. 물론 아빠가 집에 있었다고 해서 둘이 놀지는 않았겠지만 말이다. 한국과 시차 때문에 친구들과 톡을 주고받는 것도 제약이 많다. 한국은 베를린보다 8시간 빠르다. 주나가 아침에 메시지를 보내면 다들 학원이라고 하고, 늦은 오후에 심심해서 메시지를 보내면 친구들은 자고 있다. 주나가 아침에 일어나 보면 단톡방에 글이 가득이다. 주나가 잠든 시간에 친구들은 이미 일어나서 자기들끼리 이야기를 다 주고받은 다음이다. 친구들과 거리만 멀어진 게 아니라 관계까지 멀어진 기분이다.

테라스 문을 활짝 열었다. 에어컨을 켜지 않아도 시원하다. 처음 이 집에 도착해서 에어컨이 없는 것을 보고 더우면 어쩌나 싶었는데 한여름임에도 불구하고 온도가 높지 않다. 한낮에도 30도가 넘지 않는다.

주나는 테라스 의자에 앉아 바깥을 바라보았다. 사람들도 사뿐사뿐 걸어 다니고 차도 조용하게 달린다. 텔레비전 소리를 최대한 줄여 놓은 것 같다. 게다가 사람들은 낮은 목소리로 대화한다. 음계로 따지자면 '도도도도'다.

한참을 앉아 있던 것 같은데 고작 10분이 지났다. 배가 고픈 주나는 주방으로 갔다. 냉장고를 열어 보니 어제 사 온 통밀빵과 우유, 계란이 있다. 빵과 우유를 꺼냈다. 빵을 칼로 쓱쓱 썰어 접시에 올렸다. 버터를 발라 한 입 베어 물었는데, 음, 아무 맛도 나지 않는다. 빵마저 심심하다니. 딸기잼을 사 왔어야 했나.

주나는 꾸역꾸역 커다란 빵 한 조각을 다 먹었다.

계속 집에만 있으려니 심심해서 주나는 바깥으로 나왔다. 딸기 잼을 사러 슈퍼마켓에 갈 생각이다. 아빠가 20유로를 주고 갔는데 1유로가 한화로 1500원 정도니, 3만 원쯤 된다. 아빠와 몇 번가 봐서 가는 길은 알고 있었다. 집에서 나와 왼쪽으로 10분 정도 죽 걸어가면 슈퍼마켓 '카이저'가 나온다.

처음 카이저에 간 날 물, 우유, 계란, 빵, 시리얼을 샀다. 많이 산 것 같지 않은데 장바구니 네 개가 꽉 찼다. 여기에선 자가용이 없어서 웬만한 거리는 걸어 다녀야 하는데 택시비는 또 엄청 비싸다. 아빠와 장바구니를 두 개씩 나눠 들고 오는데 거리가 멀게 느껴졌다. 이게 다 아빠가 맥주를 샀기 때문이라고 주나는 짜증을 냈다. 병맥주를 네 병인가 산 아빠는 이에 질세라 주나에게 오렌지주스를 사지 않았냐고 따졌다.

"그럼 아빠 오렌지주스 먹지 마."

"그래. 안 먹어."

"내가 침 뱉어 놓을 거야."

주나는 말만 그렇게 했지 진짜로 주스에 침을 뱉지 않았다. 아빠도 그걸 알았는지 다음 날 아침 오렌지주스를 마셨다. 왜 먹느냐고 따지려다가 말았다. 그럼 아빠는 "내 돈 주고 샀잖아"라고 말할 테니까. 주나가 학원을 빠지면 "학원비 내 돈이다. 그러니까 잘 다녀라"라고 했고, 외식 메뉴를 주나 마음대로 고르려면 "내 돈으로 먹는 거니 내가 고른다"라고 했다. 엄마가 치사하게 애한테 왜 그러냐고 뭐라고 하면 "에이, 누나. 장난이지"라고 엄마한테 팔짱을 끼고 어깨에 얼굴을 비볐다. 엄마와 아빠는 대학교 동아리 선후배로, 엄마가 스물두 살, 아빠가 스무 살 때 처음 만났다. 누나-동생에서 시작한 관계이기에 가끔 아빠는 애교를 부릴 때면 엄마를 누나라고 부른다. 그러면 엄마도 "참, 나" 하고 웃고 넘어간다. 엄마도 웃긴 게 주나가 똑같이 애교 부리면 하지 말라며 밀어내면서 아빠가 그러면 가만히 둔다. 치사하고 더러워서 얼른 돈 벌고 결혼하고 싶다.

마트에 도착했다. 잼 코너로 가 보니 초코잼이 가득 쌓여 있다. 하나 살까 하다가 그만두었다. 초코잼은 가끔 먹어야 맛있다. 한국에서도 몇 번 샀지만 두 번 이상 먹은 적이 없다. 역시 빵에 발라 먹기 제일 무난한 건 딸기잼이다. 온통 독일어로 써 있지만 색깔과 모양을 보고 딸기잼을 찾는 건 별로 어렵지 않다. 바구니에 딸기잼 작은 걸 하나 담았다. 요거트도 좀 사야겠다. 어제 아빠가 변비에 걸렸다고 중얼대던 게 떠올랐다. 그런데 요거트가 어느 쪽에 있었더라? 슈퍼마켓을 돌고 돌아도 요거트가 보이지 않는다.

때마침 점원이 지나가는 게 보였다.

"웨얼 이즈 요거트?"

영어로 주나가 물었다. 점원이 무슨 말인지 알아듣지 못했는지 인상을 썼다. 주나는 우유 옆에 요거트가 있던 게 기억났다.

"아이 원 투 바이 밀크."

주나는 더 또박또박 말했다.

"아! 커먼."

점원이 주나를 데리고 빵을 파는 쪽으로 갔다. 그 맞은편에 우유 코너가 있었다.

"당케!"

저절로 독일어로 고맙다는 말이 나왔다. 베를린에 와서 주나가 처음 말한 독일어다.

그런데 요거트가 뭐 이렇게 크지? 작은 건 없고 400그램 이상 사이즈만 있다. 이 나라 사람들은 요거트를 이렇게 많이 먹나? 크면 덜어 먹으면 되겠지. 글씨만 적혀 있는 것과 과일이 그려진 것으로 나뉘어 있었다. 글씨만 적혀 있는 것은 아무 맛도 안 날 것 같아 블루베리가 그려진 것을 하나 골라 바구니에 담았다.

딸기잼과 요거트를 계산한 후 마트에서 나왔다. 2.5유로밖에 나오지 않았다. 베를린은 외식비와 교통비는 비싸지만 슈퍼마켓에서 파는 물품들은 우리나라보다 싸다.

길을 걷고 있는데 뒤에서 누군가 소리를 질렀다. 깜짝 놀란 주나가 얼른 길을 비켰다. 자전거 탄 남자는 주나를 향해 뭐라 말하고는 앞으로 휙 갔다. 아차. 깜박하고 자전거도로 위로 걸었다. 여기 자전거를 타는 사람들이 아주 많고 자전거도로와 인도가 아주 잘 구분되어 있다.

주나는 가만히 서서 자전거 타는 사람들을 지켜보았다. 자전거 타는 거, 재밌나? 주나는 자전거를 탈 줄 모른다. 배우다가 말았다. 엄마와 아빠는 이나와 주나를 데리고 학교 운동장으로 갔다. 중심을 잡는 건 쉽지 않았고 주나는 며칠 배우다가 힘들어서 못 하겠다고 했다.

"그럴래?"

엄마와 아빠는 더 해 보라고 하지 않았다. 다음 날부터 언니만 데리고 나갔다. 사실 주나는 한 번 더 물어봐 주기를 바랐다. 옆에서 이나마저 "안 한다잖아. 그냥 우리끼리 가"라고 했다. 그때 언니가 얼마나 미웠는지 모른다.

주나는 몸을 쓰는 운동을 잘하지 못한다. 자전거도 수영도 조금 배우다가 다 그만두었다. 어렸을 때 받았던 심장 수술 때문인지 엄마와 아빠는 주나가 못 하겠다고 하면 바로 그만두라고 한다. 심장에 무리가 가면 안 되기 때문이다. 주나는 심장에 구멍이 뚫린 채로 태어났다. 엄마 배 속에 있다가 밖으로 나올 때는 구멍이 닫혀야 하는데 그게 안 됐다. 시간이 지나면서 구멍이 메워지는 아이들도 있다지만 주나의 경우는 아니었다. 구멍이 좀 많이 컸다. 생후 6개월 때 수술했는데 다행히 지금은 수술 흉터조차 남아 있지 않다. 너무 어릴 때라 주나는 조금도 기억이 나지 않는다. 다만 초등학교에 입학하고 나서도 3~4년 동안은 1년에 한 번씩 대학병원에 가서 검사를 받았다. 대기 시간이 길어 몸을 배배 꼬며 의자에 앉아서 기다렸던 기억은 난다.

집으로 들어와 가방에서 딸기잼과 요거트를 꺼내 냉장고에 넣었다. 너무 심심해서 아침 먹은 그릇 설거지도 하고 집도 치웠다. 그랬는데도 3시가 채 되지 않았다. 시간이 너무 천천히 지나간다. 달팽이의 시간이 따로 없다.

심심하다. 아빠는 언제 올까. 심심하다. 살다 살다 아빠를 다 기다리다니. 심심하다. 베를린에 온 지 고작 5일째다. 심심하다. 앞으로 25일을 더 여기 있어야 하는데. 심심하다. 한국에 있었으면 친구들이랑 만나 놀았을 텐데. 심심하다. 언제 한국 갈 수 있지?

소파에 기대어 앉아 SNS 앱에 접속했다. 주나가 올린 베를린 사진에 친구들이 '좋아요'를 누르고 댓글을 달아 주었다. 주나는 먹은 음식과 가 본 곳을 매일 SNS에 올린다. 한국에도 파는 젤리를 올려도 친구들은 맛있겠다고 해 주고, 한국에도 있는 지하철 사진을 올려도 멋지다고 난리다. 별로 특별할 것이 없는데도 그런다. 주나였어도 그랬을 거다. 여기 아닌 어딘가면 다 좋아 보인다.

주나는 친구들 SNS를 클릭했다.

어? 라임이한테 남친이 생겼나?

선물 상자 사진이 올라와 있고 해시태그로 #네가준선물 #그중

최고는바로너 #네고백받아들일게 #함께이겨내보자, 하고 적혀
있다. 으, 닭살. 그런데 도대체 누구지? 어제 메시지를 주고받을
때만 해도 아무 말 없었는데. 이나는 배시시 웃으며 핸드폰을 홀
겨보았다. 가장 친한 주나에게 아직 말하지 않았다니! 라임이는
방학 특강 학원을 다니고 있다. 그곳에서 만난 게 분명하다. 누군
지 너무 궁금하다.

　— 라임라임, 너 남친 생겼지?

　라임이에게 답이 없다. 지금 한국은 저녁 7시다. 아직 학원인가?
　주나는 친구들 SNS를 하나씩 클릭하다가, 링크를 타고 서준
이 SNS로 들어가 버렸다. 새 글도 새 사진도 없다. 원래 서준이는
SNS를 잘하지 않았다. 가끔 다른 사람 게시물에 댓글을 다는 게
전부였다. 프로필 사진만 분홍색 풍선 사진으로 바뀌어 있었다.
원래 영화 포스터 사진이었는데.
　주나는 핸드폰을 가만히 들여다보았다.
　이서준. 주나가 초등학생 때부터 오랫동안 짝사랑했던, 주나랑
사귀었던 서준이.
　6학년 때 처음 학원에서 서준이를 만나자마자, 주나는 서준이
를 좋아하게 되었다. 서준이를 좋아하는 여자아이들은 많았다. 서
준이 덕분에 주나는 학원에 결석 한 번 하지 않고 꼬박꼬박 나갔

다. 단지 서준이를 보기 위해서 말이다.

같은 중학교에 입학해서 얼마나 기뻤는지 모른다. 서준이가 독서 동아리에 든다고 하여 주나도 따라 가입했다. 독서라니. 주나가 책이라면 얼마나 질색하는데. 그래도 서준이랑 친해지고 싶어서 이해도 안 가는 책을 들고 다니면서 읽었다. 동아리 행사 때 다들 나서서 무언가를 하기 꺼려 했을 때, 주나는 서준이가 한다고 해서 같이하겠다고 했다. 서준이와 같은 반은 아니었지만 같이 동아리 활동을 하니까 친해질 수 있었다.

그리고 작년 기말고사가 끝나고, 주나는 겨울방학 직전에 서준이한테 좋아한다고 고백했다. 사귀자는 고백에 서준이는 많이 놀랐다. 주나가 그렇게 티를 내고 다녔는데 몰랐던 걸까? 주나가 서준이를 좋아하는 건 주나 친구들뿐만 아니라 도서부원들도 다 알았다.

고백하기 전에 주나는 정말 많이 고민했다. 친한 친구니까 만약 고백해서 거절당하면 다시 친구로 돌아가기 어려운 탓이다. 어색해질 게 뻔했다. 하지만 주나는 서준이가 정말 좋았다. 더 가까워지고 싶었다. 서준이에 대해 모든 걸 알고 싶고 같이하고 싶었다.

"그래, 그러자."

주나의 고백을 듣고 고민하던 서준이는 좋다고 했다.

서준이와 주나가 사귄 기간은 78일이다. 그동안 주나는 늘 전전긍긍했다. 사랑할 때는 더 많이 좋아하는 사람이 약자라고 한다. 주나가 서준이를 더 많이 좋아했다. 서준이는 주나에게 자주 연락하지 않았다. 먼저 연락하는 건 주로 주나였다. 단둘이 만난 것도 몇 번 안 됐다.

크리스마스이브 날, 주나는 서준이를 위해 선물을 준비했다. 서준이가 좋아하는 작가의 신간 친필 사인본과 장갑을 챙겼다. 선물을 보고 좋아할 서준이를 생각하며 주나는 참 기뻐했다. 그런데 서준이는 선물을 가져오지 않았다.

"아, 미안. 어떡하지. 나는 아무것도 준비 못 했는데. 대신 내가 오늘 맛있는 거 살게."

괜찮았다. 주나가 선물을 준비한 건 받기 위해서가 아니었으니까. 조금 서운하긴 했지만 사인본을 보고 좋아하는 서준이를 보니 주나도 그날은 행복했다. 서준이가 사 준 크림파스타는 달면서 쓴 맛이 났다.

주나는 알고 있었다. 서준이가 자기를 많이 좋아하지 않는다는 것을. 주나가 사귀자고 하니까 사귄다는 것도 알았다. 어쩌면 서준이는 주나가 헤어지자고 하지 않았으면 아직까지 주나와 사귀고 있을지도 모른다. 말로만 사귀는 사이로 지내고 있겠지. 하지만 주나 혼자 사랑하고 주나 혼자 연애하는 건 더 이상은 하기 싫었다. 주나가 헤어지자고 하니까 서준이는 기다리고 있던 것처럼 곧바로 "그래"라고 답했다.

헤어지면서 주나는 서준이에게 원래 친구로 돌아가자고 부탁했다. 아는 사이면서 헤어진다고 모르는 척하는 건 좀 웃기지 않느냐고. 서준이도 그러자고 했다. 서준이와 헤어진 후 주나는 아무렇지 않은 척 서준이를 대했다. 여전히 동아리 활동을 계속하고 서준이에게 메시지를 보냈다. 서준이도 전처럼 주나를 대했다.

사실 주나는 헤어진 사람들이 친구로 지내는 게 말이 안 된다고 생각했다. 어떻게 그게 가능해? 지금도 말이 되지 않는다고 생각한다. 그런데 주나는 그렇게라도 서준이 옆에 있고 싶었다. 주나는 사실 서준이를 아직 좋아한다. 서준이의 사진 하나 없는 SNS를 보고만 있는데도 또 서준이가 보고 싶어졌다. 도대체 이 마음은 언제쯤 회수가 되려나 싶다. 몸은 베를린인데 마음은 서준이 옆에 있다.

"그만 좀 봐라. 제발 그만!"

주나는 소리 내서 말을 하고는 핸드폰을 소파 옆 탁자 위에 내려놓았다.

소파에 누워 자고 있는데, 문 열리는 소리가 들렸다. 주나는 벌떡 일어나 현관으로 달려갔다. 아빠다!

"아빠, 왜 이제 왔어. 나 얼마나 심심했는데."

용돈 받는 날도 아닌데 아빠가 이렇게 반갑다니. 주나는 아빠에게 오늘 있었던 일을 말했다.

"내가 아빠 주려고 요거트도 사 왔어. 그리고 지하철역 앞에 소시지도 팔더라. 우리 다음에 그거 사 먹을까?"

"그러지, 뭐."

"참, 아빠, 마트에 빈 병 넣는 기계 있더라. 아빠 맥주병 거기 가져가야겠어. 병 하나에 0.25유로라잖아."

주나는 아빠를 따라 방으로 들어갔다. 아빠가 가방을 내려놓으며 말했다.

"나 옷 갈아입을 건데."

"알았어, 나갈게."

주나가 문을 닫고 나왔다. 문 앞에서 주나는 계속 오늘 한 일에 대해 이야기했다. 아빠는 성의 없이 "응" "그래" 하고 대꾸했다. 정말 너무하다.

탁자 위 핸드폰 알람이 울렸다. 얼른 달려가 핸드폰을 들었다. 라임이다. 이제 메시지를 확인했나 보다.

— 주나야, 잘 있지?

— 응. 난 잘 있어.

— 다행이다.

주나는 픕, 하고 웃었다. 뭐야, 어제도 메시지 주고받아 놓고서는. 라임이는 마치 한참 전에 연락했던 것처럼 굴었다. 뭐, 지금 그게 중요한 게 아니지. 주나는 바로 본론으로 들어갔다.

—라임라임! 너, 남친 생긴 거 맞지? 그치?

주나가 보낸 메시지에 숫자 1이 사라졌지만, 라임이는 답이 없다. 어? 아닌가?
한참 시간이 흐른 후에 답이 왔다.

—응.
—오, 대박! 대박! 축하해! 남친에 관심 없던 우리 라임이가 이렇게 자랐군!

주나는 배시시 웃었다. 주나는 마치 제가 연애를 시작하는 것만큼 설렜다. 라임이는 주나와 초등학교 5학년 때부터 친구로, 주나랑 제일 친하다.

—누구야? 학원에서 만난 애야? 아님 학교? 나 아는 애야?

주나는 궁금하다는 이모티콘을 왕창 보냈다. 그런데 라임이가 또 답이 없다. 다른 일을 하는 중인가 보다.
라임이의 SNS를 한참 살펴보고 있는데, 라임이에게 메시지가 왔다.

— 내 남친... 서준이야.

주나는 잘못 봤나 싶어 눈을 비볐다. 서준이라고? 설마 이서준
은 아니겠지. 서준이라는 이름이 얼마나 흔한데. 거짓말 조금 보
태면, 한 반에 서준이는 한 명씩 꼭 있다. 이제까지 주나가 만난
서준이만 해도 열 명은 된다. 유치원을 다닐 때 김서준, 박서준이
같은 반에 있어서 선생님은 둘에게 꼭 성을 붙여 부르라고 했다.
그런데 걔네 둘은 이상하게 생긴 것마저 비슷해서 주나는 늘 헷
갈렸다. 초등학교 2학년, 3학년, 5학년 때도 각각 다른 서준이가
있었다. 작년에 다녔던 영어 학원 선생님도 윤서준이었고, 심지어
얼마 전에 태어난 엄마 친구 딸도 한서준이다. 서준이가 얼마나
많은데. 설마. 그럴 리가 없을 거야.
그러나 그다음 라임이의 메시지를 보고 주나는 무너졌다.

— 미안해, 주나야. 정말 미안해.

더울 땐 땡모반

언니, 라임이랑 서준이가 사귄대. 말도 안 돼. 어떻게 이런 일이 있을 수 있지? 너무너무 화가 나서 미칠 거 같아...

라임이랑 서준이가 사귀는 게 진짜인가 봐. 라임이의 말이 장난이라고 생각하진 않았어. 그래서 나도 라임이한테 곧바로 농담이지? 하고 못 물었어. 그래도 설마 그럴 리가 없잖아. 그래서는 안 되잖아! 근데 맞더라. 라임이는 나한테 말하고 난 뒤에 SNS에 서준이랑 같이 찍은 사진까지 올려놨어. 거기에 서준이가 댓글까지 달았고. 서준이도 밉고, 라임이도 미워. 다 미워. 차라리 지구가 멸망해 버렸으면 좋겠다. 아, 미치겠다, 정말.

이게 다 꿈이었으면 좋겠어. 거짓말이었으면 좋겠어. 지금이라도 라임이가 "서프라이즈! 놀랐지?"라고 말해 주면 좋겠어. 정말 거지 같다. 이게 다 리얼이라니. 현실이라니.

거짓말, 거짓말, 거짓말!!!!!!!!!!!!!

자고 일어났는데도 잠을 잔 것 같지 않아. 여긴 지금 새벽 3시야. 자다가 깼는데 잠이 안 오네. 시간이 왜 이렇게 안 지나가는 걸까. 재밌는 동영상 찾아서 보는데 하나도 재미가 없네. 밤이 너무 길다. 시간이 너무 안 지나가.

언니, 내가 더 화가 나는 건 다른 애들이 이미 다 알고 있었다는 사실이야. 그런데 아무도 내게 말해 주지 않았어. 친구들이 내 사진에 좋아요 누른 걸 보고 다들 나를 부러워한다고 생각했는데 아니었어. 얼마나 나를 비웃었을까. 다 짜증 나서 단톡방도 나오고, SNS 계정 탈퇴하고 앱도 지웠어.

하루 종일 울었더니 눈이 너무 아프다. 눈알을 뽑아 버리고 싶을 정도로 쿡쿡 쑤시네. 눈알도 뽑아 버리고 심장도 뽑아 버리고 싶어...

주나에게 메일이 다섯 통이나 와 있었다. 제목은 대부분 '언니ㅜㅜ'였다. 어떤 건 '제목없음'도 있었다. 클릭하기 전엔 답장을 보낸 건가 싶었다. 우주가 태어난 날, 이나는 주나에게 메일을 보냈다. 엄마가 아빠와 주나에게 우주의 사진을 보내라고 해서다.

이나는 핸드폰이 고장 나 톡을 보낼 수가 없었는데 주나한테 메일이 왔던 게 떠올라 메일로 보냈다.

두서없는 메일이지만 대강 어떤 일이 벌어졌는지 알겠다.

이나는 통통 부은 주나의 얼굴이 자연스레 상상되었다. 입을 잔뜩 내민 채 툴툴대고 있겠지. 작년 겨울, 주나는 엄마에게 SF 소설 작가의 사인을 받아 달라고 했다. 엄마가 다니는 출판사에서 책을 낸 작가가 아니기에 어렵다고 했지만, 주나는 계속 엄마를 조르고 졸랐다. 엄마가 동료의 동료의 동료를 통해 그 작가 사인본을 받아 왔다.

주방으로 가 보니 엄마가 미역국을 끓이고 있다.

"또 미역국이야?"

이나는 이제 미역국 냄새만 맡아도 지겹다. 이모가 퇴원하고 일주일 내내 계속 미역국이다.

"이걸 먹어야 몸이 빨리 회복돼. 그래도 미역국 맛은 좀 괜찮지 않아?"

이나는 대답 대신 그냥 웃음만 지었다. 이모는 우주를 낳았고 엄마는 음식으로 우주를 만들고 있다.

"이모랑 우주는 자?"

"응."

우주는 하루의 대부분을 잔다. 수업 시간에 자주 자는 아이에게 영어 선생님은 "네가 신생아냐?"라고 했다. 그때는 이해가 가지 않았는데 이젠 그 뜻을 알겠다. 다만 우주는 자주 깬다. 두세 시간마다 깨서 젖을 먹는다.

이나는 우주를 보기만 할 뿐 아직 안아 보지 않았다. 엄마와 이모가 안아 보라고 했지만 싫다고 했다. 우주가 너무 작아서 안을 수가 없다. 혹시 손이 미끄러지기라면 어쩌나 걱정되어서다. 우주는 이름과 달리 아직 너무나 작다.

미역국의 간을 보던 엄마가 고개를 갸웃거렸다.

"참, 주나가 무슨 심통이 났는지 툴툴거린대."

아무래도 그 일 때문인가 보다. 주나가 엄마와 아빠한테는 말을 하지 않았나 보다.

"주나한테 무슨 일이 있는 건가? 너 모르지?"

"내가 어떻게 알겠어."

"하긴. 여기 있는 네가 어떻게 알겠어."

엄마는 아무래도 주나가 사춘기라서 그런 것 같다고 말했다. 아무래도 사춘기는 어른들을 위한 것 같다. 아이들을 이해하지 못하는 어른들은 그 단어 하나로 모든 것을 무마한다.

쿤이 안방 문을 조심스럽게 닫고 나왔다. 이나는 이모부에게 어색하게 인사를 했다. 엄마가 쿤에게 아침을 먹으라고 했지만 쿤은 호텔에 가서 먹겠다고 했다. 이나는 쿤의 마음을 이해할 수 있었다. 이나는 미역국을 먹는 쿤의 표정을 보며 고수가 들어 있는 음식을 먹을 때 내 얼굴이 저렇지 않을까 생각했다. 태국 음식은 다 맛있는데, 고수가 들어간 건 도저히 못 먹겠다. 그래서 고수를 빼 달라고 부탁하는데 가끔 그러지 못할 때가 있다.

"이나."

쿤이 이나를 불렀다.

"같이 가. 호텔. 나랑."

쿤은 한국말을 조금 할 줄 안다. 주술 관계가 엉망이긴 하지만 대강 알아들을 수 있다.

"심심해, 집."

이나는 잠시 망설이다가 "오케이!" 하고 대답했다. 이나는 얼른 방으로 가 나갈 준비를 했다. 요 며칠 계속 집에만 있었더니 심심했다.

이모와 쿤이 운영하는 호텔은 객실이 서른 개가 조금 넘는 작은 규모의 부티크 호텔이다. 2층부터 4층까지 객실이 있고, 1층에는 로비와 식당, 직원 사무실이 있다. 1층 안쪽 문을 열고 들어가면 호텔 손님만 쓸 수 있는 아담한 정원이 나온다. 이곳에서 아침 식사를 할 수도 있고, 다른 시간에는 음료를 판매한다. 이나는 여기 정원이 무척 마음에 들었다. 다양한 나무들과 작은 연못이 그림처럼 자리하고 새들이 지저귀는 소리 덕분에 다른 음악은 필요 없다. 인위적으로 정원을 조성한 게 아니라 호텔을 지으면서 원래 있던 나무들을 그대로 둔 채 건물을 지었다. 그래서인지 숲속에 있는 기분이 든다.

연못은 정원 입구와 중간에 하나씩 있는데, 입구 쪽에는 금붕어가, 중앙에는 거북이가 살고 있다. 어떤 거북이들은 줄지어 걸어가기도 하고 또 어떤 거북이들은 헤엄을 친다. 어림잡아 열 마리가 훨씬 넘는다. 투투도 이런 곳에 있으면 더 행복했을까?

거북이가 나오는 영화를 본 적이 있다. 거북이를 기르는 여자 이야기다. 여름방학 중이라 엄마랑 아빠는 출근을 하고 이나는 주나랑 둘이 영화를 보러 갔다. 원래 보려고 했던 영화는 인기가 많아서 남은 자리가 없었다. 영화는 많았지만 전체 관람가 영화는 몇 개 없었기에 주나는 그냥 아무거나 보자고 했다. 그래서 시간이 맞는 영화를 골랐다. 영화 내용은 기억이 잘 안 난다. 그냥 주인공이 거북이를 키우면서 저녁마다 거북이한테 이런저런 이야기를 한 것만 기억난다. 이상하게도 그 거북이는 주인공의 말을 알아듣는 것처럼 보였다.

이나는 한 번도 반려동물을 키운 적이 없다. 강아지를 키우고 싶었지만 비염이 있는 가족 때문에 불가능했다. 그래서 꿈도 꾸지 못했다. 그런데 중학교 1학년 때, 이나가 아빠랑 둘이 마트에 갔을 때다. 아빠가 갑자기 생일 선물로 뭘 받고 싶은지 물었고, 평소 같았으면 "그냥 알아서 줘"라고 했겠지만, 그날 이나는 "거북이"라고 말했다. 무심결에 한 말인데 아빠는 "그래? 그럼 거북이로 하자"라며 지하 1층으로 갔다. 그곳에 반려동물 코너가 있었다. 그렇게 투투를 데리고 집으로 왔다. 엄마는 엄청 뜨악한 표정을 지었고, 주나는 처음 며칠만 관심을 보이다가 말았다.

이나는 얼떨결에 투투와 동거를 시작했다. 인터넷이랑 책을 찾아보면서 투투에 대해 알아 갔다. 영화 속 주인공처럼 밤마다 투투에게 이런저런 이야기를 했다.

"열심히 했는데도 성적이 또 떨어졌어. 나 머리가 나쁜가 봐. 다음 시험도 또 못 보면 어떡하지? 멍청한 내가 싫다, 정말."

"윤지가 나를 좀 피하는 것 같아. 지난번에 윤지랑 서율이가 싸울 때 윤지 편을 들어 주지 않아서 그런 것 같아."

"학교에서 장래희망을 적어 오래. 그런데 적을 게 없어. 꿈을 크게 가지라는데, 나는 아무 꿈이 없어. 꿈 같은 거 좀 없이 살면 안 될까? 그리고 바란다고 다 이루어지는 것도 아니잖아."

"난 왜 잘하는 게 하나도 없는 걸까. 공부를 잘하는 것도 아니고, 그렇다고 말을 잘하는 것도 아니고, 얼굴이 예쁜 것도 아니고, 성격이 좋은 것도 아니고. 그냥 다 별로야, 별로. 나는 내가 참 별로야."

"수행평가 과제가 있었는데 까맣게 잊어버리고 있었어. 분명 다이어리에 적어 두었던 것 같은데, 아니더라고. 선생님한테 내일까지 다시 내면 안 되냐고 물어보니까 안 된대. 수행평가 점수가 빵점이 될 거야. 어떻게 그걸 잊을 수가 있지? 친구들은 내가 정신을 딴 데 두고 온 것 같대. 내가 너무 한심해."

고민을 토로하는 이나에게 투투는 느릿느릿 움직이며 '괜찮아' 라고 하는 듯했다. 투투에게 다 털어놓고 나면 마음이 한결 가벼워졌다. 이나는 집에 오자마자 투투를 찾았다.

어떤 날 투투는 쉬지 않고 걷고 또 걸었고, 또 어떤 날의 투투는 하루 종일 잠만 잤다. 투명하고 네모난 투투의 세계가 너무 작은 게 아닐까, 투투가 답답하면 어쩌지, 하는 걱정이 들기도 했다. 그리고 투투가 무슨 생각을 하는지도 궁금했다.

"이나, 앉아, 여기."

쿤이 빈 탁자를 가리켰다. 그 위에 쿤이 이나를 위해 주문한 파인애플주스와 샌드위치가 놓여 있었다.

샌드위치를 다 먹은 이나는 탁자 위에 책 한 권과 다이어리를 올려 두었다. 치앙마이에 온 이후 매일 조금씩 다이어리에 메모를 했다. 그림일기 쓰듯 주로 먹은 음식과 있었던 일에 관해 쓰거나 그린다. 이곳에 오기 전에 노란색 다이어리를 한 권 샀다. 이렇게 무언가를 적고 그리고 있으면 잡생각이 들지 않아서 좋다. 누구는 생각해서 존재한다는데, 이나는 생각을 하면 할수록 자꾸 엉켜 버린다. 상담을 해 주었던 선생님은 나쁜 생각이 들거나 화가 나면 노트에 메모를 하라고 했다. 머릿속에 담아 두지 말고 낙서하는 식으로 풀어 버리라며 말이다. 그대로 두면, 이나 머리가 다이너마이트가 되어 버린다. 생각 하나하나가 모여 선이 되고

선은 연결되어 폭탄이 된다. 줄 끝에 불을 붙이면 펑, 하고 터져버릴 거다.

정원에 있는 나무를 그렸다. 생각이 빠져나오고 있다. 그때 누군가 톡톡, 하고 탁자 위를 두드렸다. 고개를 올려 보니 처음 보는 여자다.

"하이."

이나가 눈을 껌벅이고 있는데 쿤이 다가와서 호텔 직원 푸파의 딸이라고 소개했다. 처음 치앙마이에 도착해 엄마, 이모와 함께 호텔에 왔을 때 푸파가 딸 이야기를 한 적이 있다. 치앙마이 미대에 다닌다고 했다.

"마이 네임 이즈 핌. 아 유 이나?"

"예스. 마이 네임 이즈 이나."

핌은 방학 중이라 이곳 카페 정원에서 서빙 알바를 한다고 했다. 핌이 아이스티를 주고 갔다. 한 모금 마셨더니 라임 향이 은은하게 났다.

호텔 조식 시간이 11시까지라서 오전 내내 정원 카페는 손님으로 붐볐다. 엄마는 지금 무얼 하고 있으려나. 이모와 함께 우주 관찰로 정신없는 시간을 보내고 있겠지. 엄마와 이모는 나이가 열 살이나 차이 나서인지, 엄마는 마치 이모를 딸처럼 애틋하게 여긴다. 엄마가 "세상에 걔랑 나 둘밖에 없잖아"라고 말하면 조금 서운한 마음이 들기도 한다. 물론 이나도 엄마가 그렇게 말하는 이유를 안다. 할머니, 할아버지가 돌아가셨기에 엄마와 이모에겐 서로만 남았다. 하지만 엄마에겐 아빠, 이나, 주나라는 가족이 있다. 엄마가 그렇게 말하면, 엄마가 마치 이모랑 둘이 손을 꼭 붙잡고 금을 그어 놓은 후 들어오지 말라고 말하는 것 같다. 엄마가 이모 걱정을 하면 아빠는 유난이라고 했다. 이모도 이제 성인이라며 걱정하지 않아도 된다며 말이다. 아빠는 삼촌이랑 서로 생사만 확인한다며, 뭘 그렇게 자주 연락을 하는지 모르겠다고 했다.

"두 유 라이크 드로잉?"

핌이 다가와 미소 지으며 물었다.

"노."

이나는 얼른 다이어리를 손으로 가렸다. 그림 그리는 걸 좋아하긴 해도 낙서 수준의 그림을 보여 주는 건 창피하다. 게다가 미대에 다니는 핌에게 보여 줄 수준이 안 된다.

핌이 일을 다 끝냈는지 앞치마를 하고 있지 않았다. 핌은 7시부터 12시까지만 일을 한다. 쿤과 핌은 대화를 나누는 중이다. 쿤이 이나를 가리키며 말했고, 핌이 좋다고 고개를 끄덕이는 게 보였다. 무슨 말을 하는 걸까? 대화를 나누던 쿤과 핌이 나란히 이나에게 다가왔다.

"핌이랑 구경해, 올드 타운. 핌 된대, 시간."

쿤의 말에 이나는 잠시 망설였다. 쿤이 시켜서 핌이 억지로 나선 거라면 어쩌나 미안해서다. 하지만 핌이 활짝 웃으며 같이 가

자고 했다. 이나는 가방을 들고 핌을 따라나섰다.

올드 타운 중심에는 네모 모양으로 성벽이 둘러싸여 있다. 그 주변에는 시장이 길게 늘어서 있는데, 5시부터 매일 야시장이 열린다고 핌이 알려 주었다. 여기 사람들은 시장을 정말 좋아하나 봐, 하고 이나가 말했더니, 핌이 그렇다고 했다. 이 도시만큼 시장이 많이 열리는 곳은 없다고 했다.

"이나, 두 유 노우 나나정글?"

"아이 돈 노우."

핌이 나나정글에 대해 설명해 주었다. 나나정글은 조그만 숲속에서 토요일에만 열리는 마켓으로, 다양한 물품을 파는 판매자들이 모인다. 주스도 팔고 빵도 팔고 수공예품도 판다.

"아임 셀러."

핌은 친구들과 함께 같이 만든 귀걸이, 목걸이를 판다고 했다. 핌은 이번 주 토요일에 시간 되면 같이 가자고 했다. 이나는 정글에서 열리는 마켓이 궁금하긴 해서 잠시 망설이다가 좋다는 뜻으로 고개를 끄덕였다.

날이 더워 목이 말랐다. 여긴 10분 이상 걸어 다니면 땀이 줄줄 흐른다. 아침에 비해 기온이 꽤 많이 올랐다. 아침 치앙마이와 지금 치앙마이가 같은 곳인가 싶을 정도로 무더웠다. 뜨거운 햇볕 아래 서 있으니 이나는 머리가 핑 돌았다.

길거리에 생과일로 만든 주스를 파는 가게가 많이 보였고, 핌이 한 가게를 가리키며 땡모반을 마시지 않겠느냐고 물었다. 땡모반은 수박을 갈아 만든 주스다. 이나는 수박을 잘라 생으로만 먹었지 주스로 마신 적이 없다. 어떤 맛일지 가늠이 될 것 같으면서도 또 잘 상상이 되지 않았다. 맛이 있을까 긴가민가했지만, 이나는 핌과 함께 땡모반을 하나씩 주문했다.

점원이 미리 길게 썰어 놓은 수박을 믹서기에 넣었다. 버튼을 누르자 윙윙 돌아가며 수박이 주스로 금세 바뀌었다. 투명한 플라스틱 컵에 수박주스를 따라 이나에게 주었다. 이나는 주스를 받아 한 모금 마셨다.

"아, 시원해!"

저절로 그 말이 나왔다.

"이츠 쿨. 이츠 딜리셔스!"

이나는 느낀 것을 핌에게 말해 주고 싶어 알고 있는 맛있다는 단어를 모조리 다 말했다. 그냥 잘라서 먹는 것보다 훨씬 시원하고 달았다. 이나는 마시고 마시고 또 마셨다. 다섯 모금 만에 다 마셨다. 치앙마이 사람들은 이렇게 맛있는 걸 매일 먹고 사는구나 싶어, 순간 이나는 여기 사람들이 몹시 부러워졌다. 땡모반 이야기를 하면 이모는 "내가 이것 때문에 치앙마이를 사랑해"라고 말하겠지.

땡모반 덕분에 갈증은 사라졌지만, 더운 건 어찌할 수가 없다. 이나가 계속 더워하자 핌이 괜찮으냐고 물었다. 핌은 이 근처에 친구의 작업실이 있다며 잠깐 쉬다 가자고 했다.

골목 사이로 주택가가 나왔다. 주택 사이에 중간중간 식당도 있고 카페도 있다. 핌이 투명한 유리로 된 건물 앞에 멈춰 섰다. 얼핏 카페나 작은 서점 같아 보였다. 안을 들여다보니 공예품과 벽에 걸린 그림이 제법 있다.

"컴 인."

이나는 핌을 따라 안으로 들어갔다. 작업실은 바깥에서 보는 것보다 더 넓다. 벽이 분홍색으로 칠해져 있어 분위기가 화사했다.

"헤이, 앨리스."

핌이 부르자 여자가 손을 흔들었다. 작업실에는 핌의 친구 앨리스뿐만 아니라 다른 사람도 있다. 그리고 털이 새하얀 고양이 한 마리가 있다.

작업실에는 이젤이 여러 개 놓여 있는데, 그중 두 개의 이젤 앞에 앉아 그림을 그리고 있는 사람이 있다. 둘 다 초등학생 정도로 보였다.

핌이 앨리스와 이나를 서로에게 소개했다. 올드 타운에 왔다가 너무 더워서 왔다고 하니, 앨리스가 잠깐 기다리라고 했다. 이나는 핌에게 화장실이 어디냐고 물으니 핌이 안쪽을 가리켰다.

핌이 알려 준 대로 걸어가는데 벽에 그려져 있는 그림이 눈에 확 띈다. 홍학이 마주 보고 서 있는 그림인데 마치 두 마리가 서로 대화하고 있는 것 같다. 이나는 이곳 인테리어가 무척 마음에 들었다. 화장실 안에 놓인 공예품도 하나하나 다 예뻤다.

화장실에서 나왔더니 앨리스가 테이블 위에 차가운 차를 올려 두었다. 땡모반을 마신 지 얼마 되지 않았지만 이나는 이번에도 다 마셨다. 이나는 핌에게 여기가 학원이냐고 물었다. 앨리스가 치앙마이에 장기 여행을 오는 사람에게 그림을 가르치는데, SNS 에 소문이 나서 계속 찾아온다고 했다.

"앨리스 이즈 나나정글 멤버."

앨리스는 플라스틱 접시에 그림을 그려 파는데 인기가 좋다고 했다. 이나는 이곳을 구경해도 되느냐고 앨리스에게 물었다. 앨리스가 흔쾌히 그러라고 했다. 이나는 작업실에 있는 작품을 차근차근 둘러보았다. 앨리스가 그린 것과 다른 사람이 그린 그림이 뒤섞여 있었다.

이나는 고양이 그림이 놓인 이젤 앞에 섰다. 그림을 그리던 아이는 화장실에 갔는지 보이지 않는다. 나른하게 누워 있는 초록색 고양이는 만화처럼 그려서 그런지 개구지게 보인다. 이렇게도 그릴 수 있구나. 이나는 어렸을 때 다녔던 미술 학원이 떠올랐다. 동네에서 유명한 미술 학원이었다. 그림 그리는 것을 좋아했기에 기대가 컸는데, 자꾸 정해진 그림을 그리라고 했다. 미술대회를 앞두고는 상을 받을 수 있는 그림이 어떤 건지 알려 주더니 그대로 따라 하라고 했다. 결국 6개월을 다니다가 그만두었다. 나중에는 수학 학원보다 더 재미없었다. 그런데 여긴 좀 다를 거 같다.

꽤 재밌어 보인다.

"재밌어요."

누군가 이나 옆에 스윽 다가오더니 말했다. 이나는 고개를 돌려 목소리를 낸 사람을 바라봤다. 그림 주인이다. 이나는 당황했다. 소리 내어 말했던가? 아닌데…… 그럼 내 생각을 읽기라도 한 걸까.

"한국에서 왔어요?"

이나의 질문에 아이가 고개를 끄덕인다.

"언니도 여기 다녀요. 재밌어요."

"고등학생에게 취미 미술은 사치죠."

이나는 고개를 저으며 말했다. 안 그래도 여기 있는 동안 학원을 다니지 못해 걱정인데. 취미라니, 욕심이다.

"인생을 항상 절약하며 살 필요는 없잖아요. 아껴서 뭐 하게요."

아이는 어깨를 한번 쓰윽 올렸다 내리고는 그림을 다 그렸는지 정리하기 시작했다. 그러고는 앨리스와 몇 마디 이야기를 주고받더니, 이나 옆으로 다시 다가왔다.

"아끼면 똥 된대요."

아이는 '똥'에 잔뜩 힘을 주어 말했다. 이나가 인상을 썼다. 뭐지, 이 똥소녀는.

"아, 이건 우리 할머니 말씀. 그럼 바이!"

아이는 인사를 하고는 화실에서 나갔다.

차를 다 마신 후 이나는 핌과 함께 화실에서 나왔다. 오후가 되니 햇볕이 많이 사그라졌다. 덥긴 한데 엄청 덥진 않다. 이모는 치앙마이의 따뜻한 햇볕이 좋다며, 이 도시는 누군가를 미워하기에 적당한 곳이 아니라고 했다.

이나가 천천히 길을 걸으니 핌이 다리가 아프냐고 물었다. 이나는 괜찮다고 했다. 왜 이렇게 발걸음이 안 떨어지지. 이나는 고개를 돌려 화실 쪽을 바라봤다. 화실에서 만났던 아이의 말이 귀에서 맴돌았다.

그러게. 아껴서 뭐 할까.

이나는 핌에게 잠시 기다려 달라고 말했다. 그리고 화실로 달려갔다.

이나는 문을 열고 앨리스에게 다가갔다.

"캔 아이 드로우 히어?"

협상의 달인

언니에게 답메일은 오지 않았다. 메일을 보낸 지 3일도 더 지났
는데 말이다. 수신 확인을 클릭해 보니 언니가 읽긴 했다. 뭐, 답
장을 받으려고 메일을 보낸 건 아니다. 그날은 마음이 어찌지도
못하게 마구 부풀었고, 누구에게라도 말하지 않으면 풍선처럼 펑
터져 버릴 것 같았다. 친구들에게 말하는 건 자존심 상했고 엄마
나 아빠한테 말해 봐야 이해 못 할 것 같았다. 결국 떠오른 사람은
언니였다. 이나의 핸드폰이 고장 났다고 해서 톡 대신 메일을 보
냈다. 뭐, 언니가 톡이 가능했어도 그걸로 보내진 않았을 거다. 가
족 단톡방을 빼고 언니와 단둘이 톡을 마지막으로 주고받은 게
두 달도 훨씬 전이다.

중학교 때 받은 벌점이 대학 입시에도 영향을 준다는 말이 떠
돌아서 '진짜 중학교 때 받은 벌점이 고등학교까지 따라감? 대입

에는 상관없는 거 맞지?'라고 이나에게 보냈다. 한참 뒤 '상관없음'이라고 답이 왔다. 차라리 톡보다 메일이 낫다. 톡에 읽음 표시가 되었는데 답이 안 오면 더 속상할 거다. 주나는 자다가 깨면 화가 나서 메일을 썼고, 밥을 먹다가도 저 아래에서 뭔가 치밀어 오르면 메일을 썼다.

"김주나, 얼른 준비해. 늦으면 안 된다고."

"알았어. 아빠나 얼른 씻어."

오늘은 아빠를 따라 박람회장에 가기로 했다.

거울을 보니 눈의 붓기가 심하다. 어젯밤에 또 울다가 잤다. 주방으로 가서 숟가락 두 개를 냉동고에 넣었다. 5분 정도가 지난 후 숟가락을 꺼내 볼록한 바닥을 두 눈두덩이에 갖다 대었다. 붓기를 빼려면 이 방법이 좋다고 라임이가 알려 주었다. 아, 라임이. 욱하고 저 아래에서 뭔가 올라왔지만 꾹 참았다. 라임이는 라임이고, 정보는 정보니까.

"씨발 라임, 씨발 서준. 아, 씨발 씨발."

주나는 소리 내지 않고 입으로 계속 중얼거렸다. 지난 이틀간 주문도 랩도 아닌 이 말을 얼마나 많이 했는지 모른다. 그나마 이 말을 되뇌면 아주 조금 화가 가라앉았다. 예전에 우리말 강사 선생님이 학교에 와서 욕을 아무 때나 하지 말라고 했다. 욕은 아플 때 먹는 항생제와 비슷하다며 아무 때나 남용하다 보면 정작 필요할 때는 효과가 떨어진다고 했다. 강사는 정말 화가 날 때만 욕을 하라고 했다. 그때는 갖다 붙이기도 잘한다고 생각했는데, 정말로 욕이 필요한 경우는 따로 있었다. 아무 일도 없을 때 욕을 하면 별 느낌이 없는데, 이렇게 화가 날 때 쓰니까 속이 시원하다.

주나는 얼굴에 선크림만 쓱쓱 발랐다. 만날 사람도 보여 줄 사람도 없으니 쿠션이랑 틴트는 바르지 않아도 된다.

"다 했어?"

"응. 나가."

주나는 아빠와 함께 집에서 나왔다. 3층에서 2층 계단으로 내려가고 있는데 처음 보는 사람과 마주쳤다. 여자가 먼저 주나와 아빠에게 고개를 살짝 숙여 인사를 했고 주나도 인사를 했다. 여긴 모르는 사람이어도 만나면 무조건 인사를 한다. 처음 베를린에 도착했을 때 아빠 친구 진호 아저씨가 알려 줬다. 처음 만나도 눈이 마주치면 가볍게 눈인사를 하는 게 예의라고 했다. 한국에서는 같은 아파트에 살아도 잘 인사를 하지 않는다. 그래서 주나는 모르는 사람에게 인사를 하는 게 어색하게 느껴졌다. 하지만 여기서는 인사를 받으면 자연스레 인사가 나왔다.

"저거 먹고 가자."

아빠가 지하철역 앞에 있는 소시지 부스를 가리키며 말했다. 며칠 전에 주나가 먹고 싶다고 말했던 가게다.

"시간 돼?"

"응. 10분 정도 여유 있어."

아빠가 시간을 확인하며 알려 주었다. 간판에 커리부스트라고 적혀 있다. 가게 이름을 보고 카레를 파는 줄 알았는데, 소시지 이름이 커리부스트였다.

손님은 아무도 없고 주인 할아버지만 있다. 아빠는 검지와 중지를 들어 "투, 플리즈"라고 말했다.

"츠바이? 오케이."

둘이 독일어로 츠바이인가 보다. 할아버지는 길고 통통한 소시지를 끓는 물에 넣어 데쳤다. 미리 데쳐 놓지 않고 손님이 주문을 하면 그때 데치는가 보다. 소시지가 익기까지 시간이 조금 걸렸다.

할아버지가 집게로 소시지를 꺼냈다.

"커팅?"

"오케이. 커팅 플리즈."

할아버지가 종이팩 위에 소시지를 놓고 잘라서 주나와 아빠에게 건넸다. 가격표에 1유로라고 적혀 있어서 2유로를 냈다.

주나는 포크로 소시지를 하나 집어 입에 넣었다. 앗 뜨거워. 주나는 얼른 소시지를 씹었다. 씹을 때마다 육즙이 배어 나왔다. 이런, 맛있다. 마음은 아프지만 맛은 있구나. 주나는 이런 상황에 맛을 느끼는 혀가 조금 괘씸했다. 내가 이렇게 아픈데 너는 맛이 느껴지니? 주나는 계속 소시지를 씹었고, 입 안에 감칠맛이 맴돌았다. 어제저녁은 아빠가 스파게티를 해 주었는데 반도 안 먹고 남겼다. 지금 생각해 보니 맛을 못 느껴서 그랬던 게 아니라 그냥 맛이 없어서 남겼던 것 같다. 이대로 영영 입맛을 잃어버리면 어쩌나 싶었는데, 입맛은 어디 가지 않고 그대로 있었다. 시판용 토마토소스가 맛이 없었을 뿐이다.

"무슨 길거리 소시지가 이렇게 맛있냐."

아빠의 말에 주나는 대답 대신 조용히 고개를 끄덕였다.

소시지를 다 먹은 주나는 혀로 입술을 핥았다. 혀는 아무 죄가 없다.

계단을 이용해 지하로 내려갔다. 주나와 아빠는 한 달짜리 교통 정액권을 끊어서 매번 표를 사지 않아도 된다. 또한 베를린 지하철에는 표를 찍고 들어가는 개찰구가 따로 없다. 승객들이 각자 알아서 표를 사서 가지고 있기만 하면 된다. 주나는 처음 베를린 지하철을 타고 깜짝 놀랐다. 그렇게 하면 누가 표를 사느냐고, 다들 무임승차를 하면 어떡하느냐고 물었다. 아빠는 개찰구를 통과하기 위해 표를 사는 게 아니라, 지하철을 이용하기에 표를 사는 게 아니냐고 했다. 맞는 말이긴 하지만 그래도 되나 싶었다. 주나가 계속 걱정하니, 아빠는 사복 입은 지하철 직원들이 불시에 검사하는 경우가 있어서 무임승차율이 낮다고 알려 주었다.

다음 열차가 오려면 8분이 남았다고 전광판에 떴다.

"아빠, 나 1유로만."

아빠가 주머니를 뒤적거려 1유로 동전을 주나에게 주었다. 주나는 자판기로 가서 동전을 넣고 젤리를 선택했다. 젤리가 톡 아래로 떨어졌고 주나는 봉지를 뜯었다. 젤리를 하나 꺼내 입에 넣고 질경질경 씹었다. 소시지가 짰기에 다디단 젤리가 당겼다.

"넌 애도 아니고 무슨 젤리를 먹니?"

주나가 아빠를 바라보며 한마디 했다.

"아빠, 나 아직 애야."

"그치. 그렇긴 하지."

아빠는 손을 내밀어 하나 달라고 했다. 주나가 하나 건넸더니 곧바로 먹고 또 하나를 더 달라고 했다.

"아빤 젤리를 안 씹고 삼켜?"

"당연히 씹지."

아빠가 입을 벌려 보여 주려고 해서 주나가 고개를 돌렸다.

5분도 안 되어 젤리 한 봉지를 다 먹었다. 소시지와 젤리를 먹어서일까, 아니면 입을 많이 움직여서일까. 조금은 기운이 나는 것 같았다. 어쩌면 입이 자전거의 페달 역할을 하는지도 모르겠다. 입을 움직이면 에너지가 생겨 몸을 움직일 수 있는 거다.

박람회장이 있는 메세노드역에 도착했다. 박람회장을 향해 걷고 있는데 누군가 뒤에서 "안녕하세요!" 하고 소리쳤다.

"아, 빈센트. 안녕."

아빠가 자전거에서 내린 남자와 인사했다. 주나도 꾸벅 고개를 숙여 가볍게 인사했다. 지난주 박람회장에 왔을 때 만났던 빈센트는 베를린 자유대학 한국학과에 재학 중이라 한국말을 할 줄 안다.

박람회장에서 통역 알바를 하는데, 주나는 빈센트의 나이를 알고
는 깜짝 놀랐다. 우리나라 나이로 스물한 살이었다. 삼십대인 막냇
삼촌 친구라고 해도 믿을 정도인데 고작 스물한 살이라니.

"먼저 갈게요."

빈센트가 다시 자전거를 탔고 주나와 아빠도 서둘러 박람회장
으로 향했다.

아빠가 일하는 동안 주나는 전시 준비 중인 박람회장을 돌아다
녔다. 빈센트가 아빠와 독일 직원 사이에서 무언가 계속 이야기
중이다. 지난번 빈센트를 만났을 때 주나는 실수를 했다. 빈센트
가 한쪽 귀에만 선이 없는 이어폰을 꼽고 있기에, 왜 한쪽만 꼽고
있느냐고 물었다.

"이거 보청기야. 왼쪽 귀 잘 안 들리거든."

주나가 미안하다고 사과했다.

"괜찮아. 빈센트 반 고흐도 한쪽 귀 없잖아. 난 고흐랑 이름도
똑같고, 이것도 똑같아."

빈센트는 왼쪽 귀를 만지며 웃으면서 말했다. 주나는 당황해서
반 고흐를 좋아한다고, 가장 좋아하는 화가가 바로 반 고흐라고
말했다.

여기에서도 심심한 건 마찬가지다. 집에 있으면 계속 핸드폰만
보고 있게 돼서 일부러 아빠를 따라온다고 했다. SNS 앱도 삭제
해 버려서 인터넷으로 할 것도 없다.

그 이후로 라임이에게 몇 번 톡으로 연락이 왔다. 주나가 라임이 번호를 차단했더니 연지 핸드폰을 빌려서까지 보냈다. 라임이는 미안하다고 하는데 사과를 받는 것도 이상하다. 서준이가 이제 주나의 남친은 아니니까. 만약 주나의 물건을 빼앗아 간 거면 사과를 받는 게 맞지만 서준이는 물건이 아니다. 그래도 주나는 괜찮지가 않다. 주나는 라임이에게 답을 보내지 않았다.

도대체 어디서부터 잘못된 걸까. 생각해 보면 주나 옆에는 항상 라임이가 있었다. 주나는 라임이를 졸라서 같이 독서 동아리에 가입하자고 했다. 주나 혼자만 들어가는 건 좀 뻘쭘했다. 주나가 서준이와 헤어진 후에도 라임이는 서준이와 예전처럼 친하게 지냈다. 라임이한테 기분 나쁘다고 말할 수 없었다. 주나랑 서준이는 더 이상 아무 사이도 아니다. 라임이는 서준이를 언제부터 좋아했던 걸까? 그리고 서준이는? 라임이와 서준이 사이에서 주나만 우습게 됐다.

인어공주 마음이 이랬을까. 왕자와 결혼한 이웃 나라 공주 입장에서는 인어공주가 이상한 여자겠지. 그 공주에게는 인어공주가 조연이겠지. 왕자와 공주는 서로가 주인공이겠지. 인어공주도, 나도 조연이지. 이상한 조연이지.

그런데 라임이는 주나와 많이 친했다. 주나는 라임이를 좋아했다. 라임이는 주나 이야기를 잘 들어 주고, 주나에게 잘해 줬다. 주나가 서준이 때문에 힘들 때마다 라임이가 주나를 얼마나 많이 위로해 줬는데. 라임이는 누구보다 주나와 서준이의 이야기를 잘 알고 있는 사람이었다.

모르겠다, 정말. 라임이는 주나를 친구라고 생각하긴 한 걸까? 친구라면 그럴 수 없는 거 아닌가? 물론 주나와 서준이는 헤어진 사이니까, 이제 아무 사이도 아니다. 그래도 그러면 안 되잖아. 아, 이제 와서 그게 다 무슨 소용이람.

주나는 라임이를 톡에서 아예 차단해 버렸다. 라임이와 아무렇지 않은 척 지낼 수 없을 것 같았다. 라임이도 그걸 알았을 거다. 그런데 라임이는 주나 대신 서준이를 선택한 거다. 베프라고 생각했는데, 주나 혼자 착각한 걸까? 라임이와 정말 잘 맞았는데. 라임이만큼 잘 맞는 친구는 없었다. 라임이 같은 베프를 다시 만날 수 있을까? 그 친구는 나를 배신하지 않을까? 뭐, 새로 사귈 수 있겠지. 주나가 서준이랑 헤어졌다고 다른 남자를 사귀지 못하지는 않을 거니까. 그래도 속상하다. 서준이뿐만 아니라, 라임이까지 잃었다. 원 플러스 원으로 얻는 게 아니라, 원 플러스 원으로 잃다니. 왜 나에게 이런 일이 생긴 거야. 없었던 일이 될 수 없다면, 한참 지난 일이 되었으면 좋겠다.

주나는 눈을 감았다. 지금 필요한 건 타임워프다. 자, 눈을 뜨면 시간은 한 달, 아니 석 달 뒤로 가 있는 거야. 시간이 지나면 나아질 테니까. 시간이 해결해 줄 테니까.

눈을 떴다.

그대로다. 주나는 여전히 박람회장 구석에 앉아 있다. 달라진 건 아무것도 없구나. 라임이 일도 그대로고, 공간도 시간도 그대로다.

탁자 위에 엎드려 있는데 빈센트가 다가왔다.

"주나, 나 부탁이 있어."

빈센트는 또박또박 한국말 발음을 한다. 주나는 몸을 바로 세우며 대답했다.

"뭔데?"

"한국말 가르쳐 줘."

"너한테? 너 잘하잖아."

빈센트가 주나보다 나이가 많지만 그냥 이름을 부른다. 여긴 오빠, 언니 호칭을 쓰지 않으니까.

"아니, 나 말고."

빈센트가 재학 중인 한국학과에서 8월 중순에 '한국의 밤' 행사를 하는데, 그때 학생들이 한국어로 연극을 한다고 말했다. 모국어가 아닌 학생들끼리 모여 있으니 봐줄 사람이 없단다. 주나는 내키지 않았다. 아무리 주나가 한국 사람이라 한국말을 잘하긴 하지만 주나보다 나이가 더 많은 대학생들을 가르치는 건 좀 이상하다.

"한국말 제일 잘하는 한국인 친구가 있는데 가 버렸어."

"어딜?"

주나는 놀라서 물었다. 설마 하늘로 떠났다는 걸까?

"한국에 교환학생으로."

"아아. 한국에 갔다고. 난 또."

"우리 도와줘."

빈센트가 계속 부탁을 했다. 지난번 빈센트에게 실수한 것도 있고 좀 도와줄까. 매일 집에만 있으면 심심하겠지. 그러면 또 라임이 생각이 나겠지. 또 눈물도 나겠지.

"빈센트, 대신 조건이 있어."

"조건?"

"너도 나 자전거 타는 거 가르쳐 줘."

여기 와서 매일 자전거 타는 사람들을 보니 주나도 자전거를 타고 싶어졌다. 빈센트는 고민하지 않고 곧바로 좋다고 대답했다. 주나가 오른손 주먹을 들어 빈센트에게 "딜?" 하고 물었다. 그러자 빈센트가 똑같이 주먹을 주나에게 부딪치며 "딜!" 하고 답했다.

그리다

언니, 지난번에 내 메일 폭탄 받고 놀랐지? 그날은 언니밖에 생각이 안 났어.

오늘은 아빠랑 놀이공원에 다녀왔어. 웬 놀이공원이냐고? 맞아. 초딩도 아니고 아빠와 '단둘'이 놀이공원이라니.

내가 계속 심심하다고 하니까, 아빠가 그럼 놀이공원에 갈래? 하고 묻는 거야. 친구랑 가는 것도 아니고 아빠와 가야 한다니... 싫다고 하면 종일 집에 있어야 할 것 같아서 그러자고 했어.

원래 베를린에는 놀이공원이 없어. 여름에 딱 한 달간 이동식 놀이공원이 문을 연대.

토요일이라 사람이 많을 줄 알았는데, 그러진 않았어. 여긴 어딜 가도 붐비지 않아. 그리고 놀랍게도 베를린은 놀이공원마저 조용해. 시끄럽지도 않고 요란하지도 않아. 다들 차분하게 놀이기구를 타. 막 높은 데

서 떨어지는데도 사람들이 소리를 안 지른다니까. 정말이야.

아빠랑 나는 둘 다 무서운 놀이기구를 좋아하지 않잖아. 언니랑 엄마였으면 재밌게 잘 탔을 텐데. 그래서 아빠하고 나는 범퍼카랑 회전그네두 개만 탔어. 천천히 놀이공원을 돌아다니다가 그곳에서 저녁까지 먹었어. 아빠가 슈니첼을 사 줬어. 슈니첼은 얇은 고기튀김이야. 소스는 없지만, 우리나라 돈가스랑 비슷해.

우리 가족이 같이 놀러 간 게 꽤 오래전인 것 같아. 초등학생 때는 종종 주말에 놀이공원도 가고 그랬는데 말이야. 근데 언니! 앨리랜드 갔을 때 기억나? 차를 타고 가는 내내 엄마랑 아빠는 냉랭했어. 나랑 언니는 서로 눈치만 봤잖아. 점심으로 먹은 햄버그스테이크는 너무 차가웠고. 그래서인지 내가 집으로 오는 길에 차에 토했잖아. 엄마랑 아빠가 새 차에 토했다고 화를 냈고(그날 엄마, 아빠가 처음으로 한편이 된 순간이었지) 언니가 갑자기 나를 안고 울기 시작했어. 나는 그때 엄마, 아빠가 너무 미워서 언니랑 단둘이 사라져 버리고 싶었어. 내가 아빠한테 그때 일을 이야기하니까 차에 토했던 것만 기억하더라고. 시트 청소비가 20만 원이 넘게 나왔다며 말이야. 그리고 아빠랑 엄마는 싸운 적이 없대. 잡아떼는 게 아니라, 정말 기억을 못 하는 것 같아. 정말 기막히지 뭐야. 내가 왜 체했는데? 아, 억울해!

언니, 나는 조용한 하루를 보내고 있어. 나랑 어울리지 않게 말이지. 할 일이 없으니까 라임이가 더 생각나고, 그러다 보면 또 기분이 나빠져. 심심하고 슬픈 나날이야.

거긴 우주 때문에 조용할 날이 없겠다. 우주는 많이 컸어? 우주 사진 좀 보내 줘. 우주 보고 싶다.

이나는 엄마에게 인사를 하고 나왔다. 집에서 화실까지 걸어서 15분 정도 걸린다. 택시나 오토바이를 개조한 툭툭을 타고 가도 되지만 오늘은 걸어갈 거다. 햇볕을 가리려고 챙이 큰 모자도 눌러썼다. 엊그제 집으로 돌아올 때 한 번 걸어 봤다. 생각보다 덥지 않고 걸을 만했다. 길거리에 파는 땡모반이나 망고, 미니 파인애플을 사서 먹다 보면 금방이다.

화실에 도착했다. 오늘은 똥소녀, 아니 채강이가 먼저 와 그림을 그리고 있다. 한동안 이나는 속으로 채강이를 똥소녀라고 불렀다. 처음 화실에 왔을 때 만난 똥소녀가 채강이다. 채강이는 초등학교 5학년으로 치앙마이에 온 지 두 달째다. 체험학습을 신청해서 방학 전에 왔다고 했다.

"언니, 하이!"

"응."

이나는 채강이에게 손을 흔들어 인사하고 가방에서 스케치북을 꺼냈다. 이나는 연필로 정물화를 그렸다. 처음 화실에 왔을 때 이나는 무얼 그려야 할지 몰랐다. 영어나 수학 학원처럼 교재나

커리큘럼이 따로 있지 않았다. 이나가 뭘 그려야 하느냐고 물어 보니 앨리스는 원하는 걸 그리라고 했다.

이나가 처음 그린 건 망고다. 연습장에 잠깐씩 그리는 게 아니라 따라 그릴 대상을 정하고 그리는 건 정말 오랜만이었다. 잘 그릴 수 있을까 싶었는데 대강 따라 그릴 수 있었다. 중간중간 앨리스가 와서 명암 넣는 법과 소실점 잡는 법 등을 알려 주었다. 한 사물을 오래도록 바라보고 있으니 시간이 멈춘 것 같았다. 두 시간을 가만히 앉아 있는데도 지루하지 않았다. 오늘은 꽃이 꽂힌 꽃병을 그리겠다고 앨리스에게 말했다.

빈 도화지에 선이 생기고 명암이 들어가며 평면적인 선이 입체적으로 변한다. 그림은 실제를 모사만 하는 게 아니다. 그리는 사람의 마음이 들어간다. 정물화라고 해도 마음이 편할 때는 부드럽게, 신경이 곤두서 있을 때는 날카롭게 표현된다. 처음 화실에 왔을 때는 무얼 그려야 할지 몰라 정물화를 그렸는데 조금씩 다른 그림을 그려 보고 싶어졌다.

"이나, 릴랙스."

앨리스가 이나 어깨에 살짝 손을 올리며 말했다. 또 어깨에 잔뜩 힘을 주었나 보다. 그림을 그릴 때뿐만 아니라, 이나는 긴장하면 어깨를 잔뜩 움츠린다. 옆에 있는 누군가 말해 주면 그제야 이나는 어깨를 편다.

"오, 신사임당인 줄."

한참 그리고 있는데 채강이가 쓱 뒤로 와서 한마디 했다. 채강이는 이런 말도 안 되는 유머를 툭툭 던진다. 영어로도 그런 말을 해서 앨리스가 채강이 때문에 자주 웃었다.

"넌 뭐 그렸어?"

"외계인."

채강이가 자기 스케치북을 들어 이나에게 보여 줬다.

"그냥 사람이잖아."

"언니도 참. 외계인에 대한 편견을 버려. 외계인도 우리랑 똑같이 생겼을지도 몰라."

"외계인이 있을까?"

"당연하지. 이 광활한 우주에 우리밖에 없다면 엄청난 공간의 낭비지."

이나가 어디서 들어 본 말 같다고 생각하고 있는데, 곧바로 채강이가 "칼 세이건 말씀!"이라고 덧붙였다. 채강이는 명언을 외워 말하는 걸 좋아한다.

채강이는 그림 그리는 걸 좋아해서 화실에 온 건 아니다. 엄마가 영어 학원을 다니라고 했는데, 영어는 배우기 싫어 그림을 배우겠다고 했단다. 영어 학원은 채강이 대신 채강이네 엄마가 다니고 있다. 채강이는 그 이야기를 들려주며 "사람은 각자 원하는 걸 하면 돼"라고 했다. 물어보지도 않았는데 지난번 처음 만났을 때 줄줄 이야기했다. 채강이는 입을 잠시도 쉬지 않는다.

채강이는 자리로 돌아가지 않고 코코에게 다가갔다. 코코는 핌의 반려 고양이다. 채강이가 코코를 안았다. 코코는 가만히 채강이 품에 안겨 있다.

"코코 너무 사랑스러워. 나도 반려동물 있으면 좋겠어. 근데 엄마가 안 된대. 언니는 반려동물 키운 적 있어?"

"응."

"어떤 동물?"

"거북이."

이나는 그림을 그리다 말고 투투를 떠올렸다.

"잉, 역시 나만 없어. 엄마는 책임감이 없으면 키울 생각 하지도 말래. 책임감도 없이 반려동물 키우는 사람들이 너무 많다면서 말이야. 엊그제 뉴스에서 봤는데 버려지는 반려동물이 엄청 많대. 정말 사람들 나쁘단 말이야."

"그림 좀 그리자."

이나가 퉁을 놓았지만 채강이는 알아듣지 못하고 계속 떠들었다.

"자기 가족이나 다를 게 없는데 어떻게 그럴 수가 있어? 싫증 났다고 버리고, 병 걸렸다고 가져다 버리고. 그런 사람들 벌받아야 해. 나중에 지옥에 가서 똑같이, 아니 그 이상으로 당해야 해."

"너 때문에 시끄러워서 집중할 수가 없잖아!"

이나가 소리를 높이니 그제야 채강이가 말하는 걸 멈췄다. 채강이는 "미안"이라고 말하고는 제자리로 돌아갔다.

오늘의 그리기가 마무리되어 짐을 챙겨서 일어섰다. 채강이는 핸드폰을 보고 있었다. 간다고 말을 해야 하나 말아야 하나 이나는 잠시 고민이 되었다. 아까 화를 냈던 게 마음에 걸렸다.

"언니, 지금 가려고?"

채강이가 먼저 가방을 든 이나를 보고 물었다.

"응."

이나는 아까 화내서 미안하다고 말할까 말까 고민했다.

"언니, 우리도 오늘 수강생끼리 주스 타임 어때? 엄마가 수강생끼리 티타임이 있어서 30분 정도 늦는대."

채강이가 벌떡 일어나 이나 옆으로 다가왔다. 아까 이나가 화냈던 걸 벌써 잊어버린 걸까. 아니면 별로 마음 쓰지 않는 건가.

"너랑 나 둘이?"

지금 화실에 있는 수강생이라고는 이나랑 채강이밖에 없다. 앨리스는 화실을 비우지 못한다.

"그래, 그러자."

"야호!"

채강이가 신이 나서 이나를 따라나섰다. 화실에 들어오는 골목 초입에 주스 가게가 있다. 요 며칠 땡모반만 마신 것 같아 이나는 망고주스를 주문했다. 채강이는 땡모반을 먹겠다고 했다. 이나가 계산하려고 하는데 채강이가 먼저 돈을 냈다.

"내가 사 주려고 했는데, 왜?"

"내가 오자고 했잖아."

채강이가 씩 웃었다. 한참 어린 동생한테 얻어먹으려니 이나는 마음이 편하지 않았다. 뭐, 다음에 이나가 사 주면 될 거다. 잠시 후 주문한 주스가 나왔다. 망고주스는 땡모반에 비해 조금 뻑뻑했다.

"언니는 언제까지 여기 있는 거야?"

"8월 말. 엄마가 그때까지 휴가야."

이나는 이모 때문에 이곳에서 지내고 있다고 알려 주었다.

"나랑 비슷하구나. 언니는 치앙마이에 처음 온 거야?"

"응. 처음 왔어. 넌?"

"난 3.5번째야."

"3.5번은 뭐야?"

"다섯 살 때 왔다는데 그건 기억이 잘 안 나서. 그래서 한 번으로 온전히 치기는 좀 그래."

채강이는 재작년과 작년에 이어 올해까지 3년 연속으로 여름에 치앙마이에 왔다. 그때는 일주일씩 머물렀고, 이번에 처음으로 길게 머문다고 했다.

"그런데 왜 방학도 하기 전에 온 거야? 엄마가 여기에서 하시는 일이 있어?"

"그건 아니고. 뭐, 어쩌다 보니까."

말 많은 채강이가 갑자기 조용해졌다. 그래서 이나도 더는 물어보지 않았다. 침묵은 오래가지 않았다. 1분도 채 되지 않아 채강이가 다시 말을 시작했다.

"우리 엄마가 치앙마이를 좋아해. 그래서 여러 번 왔어. 치앙마이에 한 번도 오지 않은 사람은 있지만 한 번만 온 사람은 없대."

"누가 그래?"

"우리 엄마가. 근데 나도 여기가 좋아. 사람들이 따뜻하고 친절해."

"어, 맞아."

이나도 여러 번 그렇게 생각했다. 치앙마이에서 만난 사람들은 대부분 다 밝고 친절하다. 단순히 날씨 때문만은 아닌 것 같다.

"관광지라서 그런가?"

이나가 고개를 갸우뚱하며 말했다.

"그건 아닌 것 같아. 엄마가 여행 많이 다녀 봤는데 태국만큼 사람들이 친절한 나라가 없대. 아! 태국은 식민 경험이 없대. 다른 나라에 뺏겨 본 적도 없고, 뺏은 적도 없대. 아시아에서 유일하다고 하더라."

채강이는 책에서 봤다며 알려 주었다.

"왜? 어떻게 태국만 그렇지?"

"태국이 자원도 많고 위치도 좋아서 많은 나라에서 탐냈대. 그런데 열강 사이에서 외교를 잘했다더라고. 그래서 태국 사람들은 그걸 무척 자랑스럽게 여긴대."

이나는 아, 하고 고개를 끄덕였다. 이곳 사람들이 온화한 이유를 곧바로 이해했다. 뺏겼을 때는 억울함을, 빼앗았을 때는 탐욕을 적립한다. 한번 마음에 자리 잡으면 잘 사라지지 않는다. 게다가 역사적 감정은 학습되어 대대손손 내려온다.

"엄마가 여행 다니는 거 좋아하시나 보다."

"응. 근데 우리 집 부자 아니야. 여행 많이 가면 부자라고 사람들이 생각하는데 전혀. 엄마가 일러스트 작가인데 돈 버는 거 다 여행비로 써. 나 한국에선 학원도 안 다녀. 엄마가 학원 다닐 돈으로 여행 가서 배우래."

"엄마 멋지시다."

"나도 나중에 커서 돈 벌면 여행 많이 다닐 거야."

"여행 다니는 게 재밌어?"

"세계는 한 권의 책이고, 여행하지 않는 사람은 오직 책의 한 페이지만 보고 마는 거래."

"그건 또 누가 말한 거야?"

"성 아우구스티누스. 4세기 사람인데 대단하지 않아? 그때 이런 생각을 했다는 게."

이나는 많은 명언을 다 외우는 채강이가 더 신기했다.

"그 명언들 다 외우는 것도 힘들겠다."

지난주에 채강이는 비를 맞아 스케치북이 다 젖었다. 그림 그린 거 아까워서 어쩌냐고 하니, 행복은 과정 중에 있다며, 그림 그리는 동안 즐거웠으니 괜찮다고 했다. 멋진 말이라고 하니까 아리스토텔레스가 한 말이라고 했다.

"재밌잖아. 신기하기도 하고. 몇백 년 전 사람들이 한 말이 지금도 유효하다는 게. 좋은 말이니까 시간이 지나도 쓸 거 아니야."

한때 주나가 인물전 읽기에 빠져 그들처럼 되겠다고 했던 일이 떠올랐다. 주나는 이미 각종 노벨상을 받았고, 비행기도 몰았고, 독립운동도 여러 차례 했다.

"너, 내 동생 닮았어."

채강이와 대화를 하고 있으면 주나가 떠오른다. 말투도 좀 비슷하다.

"어? 언니, 동생 있어?"

"응."

"동생도 같이 왔어?"

"아니. 걘 다른 데 갔어."

"그렇구나. 난 형제 없는데. 그래도 안 외로워."

"아, 그래."

이나는 별말 하지 않는데 채강이가 이내 말을 이었다.

"자꾸 어른들이 형제 없다고 하면 외롭지 않냐며 엄마한테 동생을 낳아 줘야 한다고 하잖아. 그래서 내가 먼저 말하는 거야. 동생이 부모가 줄 수 있는 가장 큰 선물이라는 말도 정말 웃겨. 동생 입장에서 보면 누군가의 선물이 되기 위해 태어난다는 말이잖아."

이나는 살짝 웃음이 나왔다. 저 또박또박 끊어지는 말투가 딱 주나다.

"내가 어른들한테 따지는 게 아니라 진짜 그렇잖아. 있다가 없으면 허전하거나 외로울 텐데, 나는 그냥 쭉 혼자였어. 그래서 외로운지 아닌지 비교할 수 없어. 형제 있는 사람도 형제 없는 삶을 살아 보지 않았으니 더 좋다, 더 나쁘다 할 수 없는 거야. 언니가 동생 없이는 살아 보지 못했기에 비교할 수 없는 것처럼."

"그렇긴 하지."

이나는 채강이가 만났던 어른들을 대신해 대표로 혼나고 있는 듯했다.

"그래도 형제 없으니까 비교 안 당해서 좋긴 하겠다."

이나는 주나와 비교당하는 일이 많았다. 워낙 이나와 주나가 다르기에, "동생은 안 그런데 너는 왜 그러니?"라는 말을 많이 들었다. 게다가 주나는 어렸을 때 큰 수술을 받았기에 조금만 잘해도 칭찬받았다. 주나는 공부를 잘한다고 칭찬받고, 피아노를 잘친다고 칭찬받고, 친구들을 잘 사귄다고 칭찬받고, 말을 잘한다고 칭찬받았다. 한번은 "주나는 아파서 좋겠다"라고 말했다가 엄마한테 엄청 혼나기도 했다.

"나는 외동이어도 괜찮은데 나를 잘 알지도 못하는 사람들이 내 걱정을 해. 외롭겠다는 말을 지겹도록 많이 들었어. 한번은 처음 보는 할아버지가 동생 얘기를 하길래 우리 엄마, 아빠 이혼해서 동생 못 낳아요, 했다니까. 그러니까 아무 말 못 하고 가더라고."

이나는 할 말 다 하는 채강이가 꽤 멋져 보였다. 어쩌면 저렇게 자신감이 넘칠까. 아직 초등학생이라 그런가? 그런데 돌이켜 보면 이나는 열두 살 때도 채강이처럼 말하지 못했다.

"너 말하기 학원이라도 다니니?"

"내가 말을 좀 잘하지?"

채강이가 씨익 웃으며 대답했다. 채강이는 어떤 말도 다 받아칠 것 같다.

"근데 동생 있어도 그래. 여동생이랑 나만 있으니까, 할머니나 할아버지들은 집안에 아들이 있어야 한다고 그랬어."

"아들만 있으면 또 딸 있어야 한다고 하잖아. 하여튼 우리나라는 참견쟁이들이 너무 많다니까."

"나는 참견쟁이 어른만큼은 안 될 거야."

"나도."

이나와 채강이는 살면서 들었던 별 도움 안 되는 참견들에 대해 하나씩 말했다. 이나는 문득 진짜로 말하기 학원이 있으면 좋겠다는 생각이 들었다. 말을 잘하는 방법을 알려 주는 게 아니라 해도 될 말과 해서는 안 되는 말을 알려 주는 곳 말이다.

둘은 주스를 다 마시고 나서도 한참을 카페에 앉아 있었다.

연극 연습

여기는 지금 밤이야. 곧 12시가 될 거야. 집 안은 아주 조용해. 우주가 잠들었거든. 우주가 잘 때는 온 우주가 조용한 것 같아. 우주는 두세 시간마다 한 번씩 깨서 모유나 우유를 먹어. 배고플 땐 얼마나 크게 우는지 몰라. 우주는 배고파도 울고, 졸려도 울고, 오줌 싸도 울어. 울고 먹고 자는 것밖에 안 해. 상황마다 아기들의 울음소리가 다르다는데, 이모도 엄마도 구분하지 못하는 것 같아. 우주가 울면 우선 기저귀를 확인해. 아무것도 안 쌌는데도 계속해서 울면 이모가 젖을 먹여. 그것도 안 먹으려고 하면 재워. 아기들은 무조건 셋 중 하나래.

참, 어제저녁에 엄마랑 이모랑 좀 싸웠어. 이모가 젖이 잘 안 나와서 고생하니까 엄마가 그냥 시중에 파는 분유를 먹이라고 했거든. 너랑 나도 분유 먹고 컸는데 잘 컸다고. 이모는 싫다고 하고. 이모가 자는 사이에

엄마가 우주한테 분유를 먹였거든. 그걸 알고 이모가 막 화를 내는 거
야. 엄마도 화가 나서 당장 한국에 간다고 하고. 이모부랑 나랑 중간에
서 말리느라고 혼났어. 서로 소리를 어찌나 지르고 싸우는지. 내가 이
모부 보기 얼마나 창피했는지 몰라. 우주가 깨서 우는데 아무도 우주는
안 돌보고 막 어렸을 때 이야기 꺼내면서 싸우는 거야. 결국 우주는 내
가 안고 있었어. 아기도 눈치를 보는지 이모랑 엄마가 싸우니까 내 품
에 안겨 가만히 있더라고. 막 둘이 싸우다가 갑자기 이모가 "엄마 보고
싶다. 엄마였으면 나한테 안 이럴 텐데"라고 했고, 엄마도 "나도 엄마
보고 싶어"라고 하면서 둘이 바닥에 앉아서 우는 거야. 너도 봤어야 해.
얼마나 유치한지 몰라. 지금은 휴전 상태야.

주나야, 모든 인간관계에는 유효기간이 있대. 식품과 다르게 그건 처
음부터 정해진 건 아니고, 어떻게 서로를 대하느냐에 따라 달라진다
는 거야. 어떤 것은 영원한 것도 있을 테지만, 또 어떤 건 유효기간이
아주 짧을 수도 있을 거야. 길다고 다 좋은 것도 아니고 짧다고 나쁜
것도 아니래. 모든 관계가 영원하다면 새로운 사람을 만날 기회가 없
어지기도 한대.
그러니까 라임이 일... 많이 속상해하지 마.

이제 그만 자야겠다. 거긴 아직 오후겠지? 여긴 새벽 1시야.
난 잔다, 안녕.

언니에게 메일이 왔다. 우주 사진도 있었다. 우주는 그사이 많이 자랐다. 살이 많이 올랐다. 답장을 보낼까 했지만 시간이 없었다. 주나는 서둘러 옷을 입고 방에서 나왔다.

토요일이라 오늘 아빠는 집에 있다. 아빠는 태블릿 PC로 한국 예능 프로그램을 보고 있다.

"너 혼자 갈 수 있어? 데려다줘?"

"걱정 마. 혼자 지하철 탈 수 있어."

집에서 자유대학까지 두 정거장밖에 안 된다.

"진짜 갈 수 있어?"

"당연하지. 내가 애도 아니고."

"언제는 또 애라며?"

그랬나? 그랬던 것 같다. 열다섯은 나름 유리한 게 많다. 아이가 되고 싶으면 아이 쪽에 붙을 수 있고 아이가 되기 싫으면 아이가 아닌 척할 수도 있다. 산타가 없다는 것은 알지만, 아직은 크리스마스 선물을 달라고 요구할 수 있다. 친구들은 중학생이 아이도 어른도 아닌, 이도 저도 아닌 나이라서 싫다고 하지만 주나는 아이의 경계선에 있는 이 열다섯이 마음에 든다.

"다녀오겠습니다!"

주나는 아빠에게 인사를 하고 집에서 나왔다. 오늘은 조금 날이 덥다.

지하철역에 내려 빈센트가 알려 준 출구를 찾아 나왔다. 그 앞에 빈센트가 먼저 도착해 기다리고 있었다.

"여기가 학교야?"

"응."

지하철역에 내려 학교까지 걸어가야 하는 줄 알았는데, 학교 안에 지하철역이 있었다. 역 밖으로 나오니 바로 학교 안이다.

"우리 건물은 저거야."

빈센트가 단독주택처럼 생긴 곳을 가리켰다.

"저기라고? 저긴 그냥 집 같은데?"

"저긴 오피스. 교수 방이랑 작은 수업 방이 있어."

빈센트는 수업을 듣는 큰 건물들은 따로 있다고 알려 주었다. 대학이라 그런가? 학교가 엄청 컸다. 주나가 다니는 중학교는 고작 큰 건물 두 개가 전부인데 여긴 하나의 소도시 같았다. 빈센트가 가리킨 큰 건물은 걸어서 한참 가야 했다. 한국도 대학이 이렇게 생겼을까? 주나는 대학을 다녀 본 적이 없어서 잘 모른다.

"이따 여기에 자전거 타."

빈센트의 한국어는 어딘가 부족하다. 듣고 이해하는 데 큰 어려움은 없지만 문장 호응이 어색하거나 조사를 하나씩 빠뜨린다. 주나는 왜 빈센트가 연극 연습을 도와달라고 했는지 이해가 갔다.

한국학과 사무실 앞에 작은 정원이 있다. 문 쪽에 있던 다람쥐가 주나와 빈센트를 보고 바로 도망가지 않고 멀뚱히 있었다. 주나는 얼른 핸드폰을 꺼내 다람쥐를 찍었다. 저절로 "아, 귀여워!"

소리가 나왔다. 쥐를 보면 소리치며 도망가기 바쁜데 다람쥐는 더 가까이 가고 싶다. 같은 쥐과인데, 참 둘의 인생이 다르다. 빈센트는 다람쥐를 자주 보는지 별다른 반응을 보이지 않았다. 주나는 다람쥐를 정말 오랜만에 봤다. 동물원에 가도 다람쥐는 없다. 여긴 숲과 나무가 많아 다람쥐가 많다고 빈센트가 알려 줬다.

주나와 빈센트가 문 쪽으로 걸어가자 그제야 다람쥐가 조르르 나무 뒤로 사라졌다.

"베를린, 곰도 있어."

"알아. 베를린 상징이잖아."

베를린의 상징 동물은 곰이다. 그래서 기념품 가게에 가면 곰 모형을 많이 판다.

"바깥 돌아다녀."

"뭐? 야생 곰이라고?"

주나가 깜짝 놀라 물었다.

"응. 야생."

빈센트는 야생이라는 말을 처음 들었는지, 혼잣말로 "야생, 야생" 하고 발음했다.

"에이, 거짓말."

주나는 빈센트가 농담을 한다고 여겼다. 이 도시에 곰이라니, 말도 안 된다. 하지만 빈센트는 장난을 치는 것 같지 않았다. 서울 도심에 멧돼지가 나타나는 것처럼 베를린에도 야생 곰이 있을지도 모른다.

"진짜야?"

"응. 친구가 차 타고 가는데, 곰이 앞에 있었대. 그래서 지나갈 때까지 기다렸대."

빈센트가 핸드폰으로 뉴스를 검색해서 보여 주었다. 독일어라 읽을 수는 없었지만 시내에 나타난 곰 사진이 있었다.

"진짜네."

주나는 갑자기 걱정이 되어 잔뜩 경계하고 주변을 둘러보았다. 어디선가 곰이 나타날지도 모른다고 생각했다.

"돈 워리. 낮에 없어."

빈센트가 가볍게 주나의 등을 쳤다. 주나는 어깨를 폈다. 바짝 쫀 게 너무 티 났나 보다.

주나는 빈센트와 함께 1층 현관문을 열고 들어갔다. 낯익은 음악 소리와 함께 웅성웅성하는 소리가 들렸고 열린 문 안으로 사람들이 모여 있는 게 보였다. 주나는 빈센트를 따라 강의실로 들어갔다. 빈센트의 친구들이 빈센트를 보고 알은척을 했다. 주나가 뒤에서 주뼛대고 있으니, 빈센트가 주나를 소개했다.

"하이."

주나는 손을 흔들어 인사를 했고, 학생들도 주나에게 인사했다. 반 정도는 의자에 앉아 있고 나머지는 책상에 걸터앉아 있다. 삼삼오오 모여 서로 대화 중인 듯 보였다.

"이거야."

빈센트가 프린트한 대본을 주나에게 건넸다. 표지에 '여왕 도깨비'라고 적혀 있었다. 주나는 대본을 넘겼다. 읽다 보니 어디서 많이 본 내용이었다.

"이거 〈도깨비〉 드라마 패러디야?"

"응."

한국 드라마 〈도깨비〉에서 주인공을 여자로 바꾸었고 16부작 드라마를 30분 공연으로 요약했다. 빈센트는 대본을 읽고 어색한 한국말을 고쳐 달라고 했다. 주나는 대본을 누가 썼냐고 물었다.

"나!"

머리카락이 긴 학생이 주나 옆으로 다가오며 대답했다. 지수는 공연에 참가하는 열다섯 명의 학생 중 유일한 한국인이다. 부모님이 두 분 다 한국 사람이라고 했다. 이 중에서 한국말을 제일 잘한다. 하지만 독일에서 태어나고 자라서인지 한국말보다 독일어를 훨씬 능숙하게 잘했다.

"이상한 부분 다 체크해 줘."

지수가 빨간색 볼펜을 주나에게 건넸다. 주나가 대본을 보고 있는 사이, 지수와 빈센트가 다른 학생들에게 드라마 〈도깨비〉 내용을 설명했다. 도깨비를 본 학생들도 있지만 보지 않은 학생들도 있기 때문이다.

대본을 읽다가 주나는 큭큭 웃었다. 도깨비는 도깨비 여왕이자

아줌마로, 여주인공 은탁이는 이름은 그대로지만 남학생으로 바뀌어 있었다. 주나는 찬찬히 읽으며 문장 호응이 맞지 않거나 어색한 문장을 바꾸었다. 주나는 〈도깨비〉 드라마를 앞부분만 조금 보다가 말았다. 드라마를 좋아하는 이나를 따라 보다가 너무 길어서 중간에 포기했다. 영화는 한 편만 보면 되는데 드라마는 16부작까지 있어서 너무 길다. 주나는 짧은 유튜브 영상을 보는 걸 좋아하는데 이나는 긴 드라마도 꼼짝 않고 앉아서 잘 본다. 주나는 그런 언니가 신기하다. 이나는 드라마나 영화를 볼 때도 주인공에게 감정이입을 해서 잘 울었다. 주나는 보면서 '저건 다 가짜야. 만들어 진 거야'라는 생각이 들어 웬만하면 울지 않는다. 이나는 주나와 다르게 감정이 풍부하긴 하다. 그래서 투투의 죽음에 더 힘들어했던 걸까? 사실 주나는 언니가 잘 이해가 되지 않았다. 그렇게까지 힘들어할 일인가 싶었다.

"그럴 수도 있지, 뭐."

갑자기 어제 아빠가 한 말을 생각하니 짜증이 확 솟구쳤다. 아빠가 자꾸 무슨 일이 있느냐고 묻기에 라임이 이야기를 했다. 아빠는 대수롭지 않게 살다 보면 그런 일이 많이 생긴다고 했다. 심지어 자기 회사 사람은 아내가 자기 친구와 바람이 나는 바람에 이혼을 했다고 말했다. 엄마가 옆에 있었으면 한마디 했을 텐데. "으휴, 푼수!"라고.

진짜 위로까지는 아빠한테 바라지 않았다. 하지만 별일 아니라는 듯 말하는 아빠를 보니 더 이상 아무 말도 하고 싶지 않았다. 아빠는 라임이 일을 겪은 당사자가 아니니까 주나의 마음을 모른다.

그래도 언니는 꽤 위로가 되는 말을 해 주었다. 주나가 속상한 건 서준이에게 새 여자친구가 생겨서가 아니라, 그 대상이 라임이기 때문이다. 다시는 라임이와 예전처럼 지낼 수 없으니까.

여기에 와 있어서 차라리 다행이다. 한국에 있었으면 정말 매일 너무 화가 나서 잠도 못 잤을 거다. 몸이 멀어지면 마음도 멀어진다는 말처럼, 물론 그 말을 이럴 때 쓰는 게 적당한 것 같지는 않지만, 어쨌든 떨어져 있으니 조금 낫다.

주나가 고친 대본을 지수에게 주었고, 지수는 옆방에서 프린트해 오겠다며 나갔다.

"이거 먹어."

주나가 잠깐 쉬고 있는데 여학생 두 명이 와서 주나에게 샌드위치를 주었다. 한 명은 베트남, 한 명은 태국에서 왔다고 했다.

"난 미즈키야."

베트남에서 온 미즈키는 머리를 노랗게 염색했다. 옆에 있는 쑤는 쌍꺼풀이 진하다.

"독일에서 태어났어?"

"아니. 온 지 3년 됐어."

미즈키는 식당을 하는 부모님을 따라 이민을 왔고, 쑤는 세 살 때 이민 왔다고 했다.

"아직 한국말 잘 몰라."

주나는 한국학을 공부하는 외국 학생들이 많다는 게 신기했다. 공연에 참가하지 않는 학생들이 더 많다고 쑤가 알려 주었다. 공연을 하는 학생들은 1, 2학년들이다. 베를린 자유대학에는 동아시아학에 중국학, 일본학, 한국학 이렇게 세 개가 있는데 한국학과의 규모가 가장 작았다. 하지만 요즘에 한류 열풍으로 한국학과가 많이 커지는 중이란다. 그 말을 들으니 괜히 주나의 어깨가 으쓱해졌다.

잠시 후, 지수가 프린트한 대본을 가지고 돌아왔다. 학생들이 하나씩 대본을 나눠 가졌다. 오늘은 첫날이라 대본을 한 번 읽어 보기로 했다. 책상에 다 같이 둘러앉았다. 도깨비 역할은 지수, 남자 은탁이는 빈센트다. 빈센트가 주인공이었다니. 첫 읽기지만 학생들은 실제 공연을 하는 것처럼 감정을 실어 대본을 읽었다. 그런 서로의 모습이 웃긴지 다들 자주 웃음을 터뜨렸다. 발음이 어려워 더듬거릴 때 주나는 조심스레 끼어들었다.

"'어보다'가 아니라 '업보다'야."

다들 업보가 무슨 뜻인지 모르는 것 같다. 심지어 대본을 쓴 지수도 드라마에 나오는 걸 그대로 썼을 뿐이지 잘 모르는 듯했다.

"그러니까 '업보'는 말이지. 잘하고 잘못한 걸 이야기하는 거야. '네가 잘못해서 그렇게 된 거야'라고 할 때 '네 업보야'라고 해."

주나는 최대한 쉽게 설명하려고 했지만 그게 잘되지 않았다.

더구나 아직 한국말을 배운 지 얼마 안 되는 학생들이다. 선생 노릇이 참 쉽지 않다.

"카르마 같은 거야?"

빈센트가 물었다. 도덕 시간에 배웠던 것도 같다. 주나는 "잠깐만" 하고 인터넷을 찾아보았다.

"맞아, 그거야."

빈센트가 독일어로 학생들에게 설명했다. 그제야 학생들은 이해가 되는지 고개를 끄덕였다. 대본을 한 번 읽는 데 1시간이 조금 넘게 걸렸다. 지수가 학생들에게 독일어로 뭐라고 말을 했다. 빈센트가 옆에서 "다음 주까지 대본 외워 오라고 말하는 거야"라고 알려 주었다.

연습이 끝난 후 몇몇 학생들은 가방을 들고 나갔고 반 정도는 남았다. '한국인의 밤' 축제 날 연극 공연뿐만 아니라 케이팝에 맞춘 춤 공연도 있다. 미즈키와 쑤는 춤 공연도 한다.

"빈센트는 춤 안 춰?"

빈센트는 손을 내저으며 춤을 못 춘다고 했다.

"대신 빈센트 노래 잘해."

지수가 빈센트 어깨에 팔을 두르며 말했다. 빈센트는 아니라고 부정하지 않고 빙긋 웃었다. 지수와 빈센트는 꽤 친한 것 같았다.

"다음 주 연습도 도와줄 수 있어?"

지수가 물었다. 주나는 가능하다고 대답했다. 베를린에서 주나가 지켜야 할 스케줄은 따로 없다.

"가자."

빈센트가 그만 나가자고 했다. 이제, 빈센트가 주나의 선생님이 될 차례다.

한국학과 사무실 앞에 빈센트의 자전거가 있었다. 주나는 빈센트와 함께 자전거를 끌면서 걸었다. 조금 걷자 빈 공터가 나왔고 그곳에서 빈센트는 주나 키에 맞춰 자전거를 조정했다.

"타 봐."

빈센트가 자전거를 주나에게 밀었다. 주나는 자전거 핸들을 두 손으로 잡아 받았다.

"오케이."

주나는 왼발을 땅바닥에 지지한 채 오른발을 들어 올려 반대쪽 페달 위에 올렸다. 그다음 왼발을 페달 위에 올렸다. 뒤에서 빈센트가 자전거를 잡고 있다.

"발 굴려."

주나는 오른발에 힘을 주어 아래로 내렸다. 페달이 구르면서 바퀴가 반 바퀴, 한 바퀴 돌았다. 주나가 중심을 잘 잡지 못해 기우뚱하고 기울었지만 뒤에서 빈센트가 꽉 잡고 있어서 넘어지지 않았다.

"더!"

뒤에서 빈센트가 말했다. 주나는 다시 페달을 밟았다. 어어?

오른쪽으로 몸이 기울어지며 자전거가 쓰러졌다. 다행히 오른발로 얼른 착지를 해서 넘어지진 않았다.

"다시."

빈센트가 시키는 대로 다시 자전거에 올라탔다. 하지만 세 바퀴 이상 바퀴가 구르지 않았다. 균형을 잡는 게 쉽지 않다. 주나는 계속 기우뚱하고 쓰러졌다.

"바퀴 두 개는 너무 부족해."

주나가 자전거를 세우며 말했다. 자동차나 기차처럼 바퀴가 양쪽에 있지 않고 일자로 있으니 균형 잡기가 너무 어렵다. 아, 괜히 자전거를 배운다고 했나?

"못 하겠어."

"다시!"

빈센트가 큰 목소리로 말했다. 주나는 인상을 쓰면서 다시 자전거에 올라탔다. 또다시 기우뚱하고 옆으로 넘어졌다.

"한 번 더."

빈센트는 계속 타다 보면 바퀴 두 개로도 균형을 충분히 잡을 수 있다고 했다. 많이 연습해야 탈 수 있다며, 주나에게 "다시, 다시"를 외쳤다.

한 바퀴, 두 바퀴, 세 바퀴, 네 바퀴. 뒤뚱뒤뚱하며 주나의 자전거가 굴러갔다. 균형을 잡을 것 같았는데 곧바로 흔들렸다. 이번에는 다리에 힘이 풀려서 바닥에 쓰러졌다.

"으으."

오른쪽 다리가 바닥에 쓸리며 긁혔다. 피는 나지 않았지만 피나기 직전처럼 보였다. 주나가 다리를 가리키며 울상을 지었다. 제발, 빈센트. 오늘은 도저히 더는 못 하겠어.

"그만해."

빈센트는 오늘은 여기까지 하자고 했다. 주나는 다리는 아팠지만 마음이 편해졌다. 빈센트에겐 통해서 다행이다. 오랜만에 아픈 척을 했다. 어렸을 때 불리하다 싶으면 아픈 척을 잘했다. 언니 물건이 탐날 때, 먹고 싶은 게 있을 때, 학원 가기 싫을 때. "아아" 하고 주나가 인상을 쓰면 엄마와 아빠는 "알았어, 알았어"라고 했다. 6학년 때였을 거다. 주나와 이나가 방뿐 아니라 거실과 주방까지 엄청 어지럽히자 엄마가 치우라고 했다. 주나는 하기 싫어 언니에게 "아아" 하고 피곤한 척했다. 그때 이나가 주나 귀에 대고 딱 한마디 했다.

"너 안 아픈 거 다 알아."

그 이후로 주나는 언니 앞에서 아픈 척하지 않는다.

빈센트는 주나를 데리고 학교 안의 약국으로 갔다. 빈센트가 약국 직원에게 주나의 다리를 보여 주자 직원이 약을 하나 건넸다. 주나는 약국 안 간이의자에 앉아 다리에 약을 펴 발랐다.

"빈센트, 나 배고파."

약국에서 나오면서 주나가 말했다. 아직 저녁을 먹기에는 이른 시간이다.

"아이스크림 먹을래?"

"응, 좋아!"

학교에는 작은 카페가 있다. 주나는 딸기 맛을, 빈센트는 초코 맛을 골랐다.

"빈센트, 왜 한국학과에 갔어?"

"한국 노래 좋아해."

"어떤 노래?"

"밴드 음악들."

빈센트는 우연히 유튜브를 보다가 한국 노래를 듣게 되었고, 노래를 들으며 한국어를 배웠다고 했다. 빈센트가 말하는 한국 밴드 중에 주나가 모르는 가수들도 많았다.

"근데 정말 독일 학생들은 대학에 많이 안 가?"

예전에 사회 선생님이 한국의 대학 진학률이 세계에서 제일 높다며, 독일의 예를 들었다. 대학 진학률이 30~40퍼센트밖에 되지 않는다고 해서 진짜인가 싶어 인터넷을 찾아보니 정말 그랬다.

"학비가 공짜인데 왜 안 가?"

"모든 사람이 공부하고 싶어 하는 건 아니니까."

"대학에 공부하려고 가?"

"그럼 대학에 왜 가는데?"

"취업하려고 가지."

주나는 자신이 말해 놓고도 뭔가 좀 이상했다. 주나는 아직 어느 대학, 무슨 학과를 갈지 생각해 본 적이 없다. 그래도 대학에는 갈 생각이다.

"한국 노래 좋아서만 한국학과 온 건 아냐. 한국 남북 관계 관심 많아. 우리나라 비슷해. 나중에 유엔에서 일하고 싶어."

"오, 멋있는데?"

"주나는 나중에 무슨 일 하고 싶어?"

"아직 생각해 본 적 없어."

"그래. 주나는 아직 생각할 시간 많아."

"선생님도 좋을 거 같고, 공무원도 괜찮을 거 같아."

학교 선생님과 친구들은 주나가 공부를 잘하니까 교대에 가거나 공무원 시험을 봐도 합격할 거라고 했다.

"어떤 분야에서 일하고 싶은데?"

주나는 말문이 막혔다. 그냥 공무원이 되면 좋겠다고 생각했을 뿐이지 구체적으로 공무원이 되어 하고 싶은 일을 생각해 본 적이 없다. 주변 친구들을 보면 대부분 공무원이나 유튜버가 되겠다고 한다. 초등학생 때까지만 하더라도 유튜버를 꿈꾸는 아이들이 더 많지만, 중학생쯤 되면 현실을 안다. 유명 유튜버가 되는 게 정말 어려운 일이기에 유튜버가 되겠다고 하는 아이들은 아직 꿈속에서 사는 아이들이다.

"독일에서는 공무원 되는 거 안 어려워?"

"한국만큼 어렵지 않아. 그리고 공무원 원하지 않아."

"왜?"

"좀 지루하다고 할까?"

주나는 순간 빈센트가 다른 세계에서 온 외계인처럼 느껴졌다. 공무원을 지루하다고 표현하다니. 물론 빈센트는 다른 세상을 살고 있는 사람이 맞긴 하다. 하지만 그 행성이 다른 게 아니라 고작 나라가 다른 것뿐인데. 비행기 타고 10시간이면 올 수 있는 곳에서 이렇게 다른 생각을 한다는 게 신기했다.

"빈센트는 이제 집에 가면 뭐 해?"

"오늘 아르바이트 있어."

"통역 말고 또?"

"응. 주말마다 카페에서 일해."

"무슨 일?"

"주문 받고, 음식 갖다주고."

"그렇구나. 언제부터 했어?"

"베를린 오면서부터."

"어? 베를린에 살았던 게 아니야?"

빈센트는 집이 뮌헨에 있고, 대학에 오며 베를린에 혼자 왔다고 알려 주었다.

"뮌헨은 여기서 얼마나 걸려?"

"기차 타고 4시간 조금 더 걸려."

"생각보다 멀다."

"방학에 집엔 안 가?"

"다음 주에 다녀오려고. 근데 주나, 궁금한 거 많이 많아."

빈센트가 웃으며 말했다.

"맞아. 그래서 먹고 싶은 것도 많아."

빈센트는 주나의 말이 이해가 가지 않는다는 표정이다.

"한국말에 그런 게 있거든. 궁금한 게 많으면 먹고 싶은 것도 많다. 나는 궁금한 게 많아서 먹고 싶은 게 많아."

빈센트는 궁금증과 식욕, 이 둘을 연관 지으려고 노력하는 것 같았다. 하지만 끝내 잘되지 않았는지 고개를 저었다. 어렸을 때부터 주나는 궁금한 것도 많았고 물어보는 것도 거리끼지 않고 잘했다. 궁금한 건 못 참는 성격이다.

"빈센트, 그만 가자."

아이스크림을 다 먹은 후 지하철역까지 걸었다. 빈센트는 자전거를 타고 집으로 간다고 했다.

"자전거 집에 가서 연습해, 알았지? 내가 매일 체크해. 연습한 시간 적어 보내."

헤어지기 직전 빈센트가 말했다.

"연습하면 꼭 타. 안 하면 못 타."

그건 너무 당연한 말이잖아. 주나는 이 말 대신 고분고분 대답했다.

"알았어."

주나의 어깨가 축 처졌다. 빈센트는 예상보다 더 엄격한 선생님이었다.

아침엔 요가를

언니, 베를린에 온 지 벌써 2주가 지났어. 처음 며칠은 시간이 너무 천천히 지나가서 여기에서 한 달을 어떻게 버티나 싶었거든. 나는 하루가 이렇게 긴 줄 여기 와서 처음 알았어. 한국에 있을 때는 정말 하루가 금방 지나가잖아. 간신히 일어나서 학교에 가고, 오전에 비몽사몽간에 좀 멍하게 있다 보면 점심시간이야. 밥 먹고 조금 쉬려고 하면 바로 5교시 시작이고. 학교 끝나고 학원에 가고. 학원에 다녀오면 어느새 하루가 다 지나가 있지. 하루에는 빈 시간이 없었어. 바쁘게 살았다고는 못 하겠어. 바쁘지는 않았으니까. 그렇다고 가득 차 있었던 것도 아니야. 눈 떠 보면 아침이고, 내일이고 그랬던 것 같아.

그런데 여기에서의 하루는 모든 게 처음이고 낯설어서 그런지 하루가 꽉 찬 것 같아. 혼자 집에 있는 날은 시간이 너무 더디게 지나. 시간이 많이 흘렀겠지 싶어 시계를 보면 고작 10분 지났더라고.

이번 주는 빈센트의 연극 연습을 돕느라 시간이 조금 빨리 지나갔어. 빈센트는 아빠가 일하는 박람회장에서 통역을 해 주는 베를린대 학생이야. 내가 대학생들의 선생님 노릇을 하고 있어. 웃기지?

오늘은 일이 조금 있었어. 한 명이 연습을 하다가 연출자랑 싸우고 뛰쳐나갔거든. 근데 여기 학생들 엄청 쿨해. 곧바로 그 역할을 다른 사람으로 교체해 버리더라고. 근데! 교체 배우가 바로 나야. 나한테 특별출연을 해 달래. 그래서 내가 연극 무대에 서게 되었어. 은탁이를 쫓아다니는 귀신 중 한 명이라 대사는 많지 않아. 그런데 연극 무대에 설 생각을 하니 좀 부담이 되긴 해.

언니, 가르치는 일은 생각보다 재밌는 것 같아. 내가 알려 준 대로 조금씩 나아지는 걸 보면 엄청 뿌듯해. 나는 평소에 말이 엄청 빠르잖아. 친구들이 나한테 막 〈쇼미더머니〉에 나가 보라고 했어. 말 빠르다고 말이야. 그런데 독일 학생들이랑 있으면 나도 모르게 말을 아주 천천히 해. 그들이 내 말을 잘 알아들을 수 있도록 말이야. 나한테 선생 기질이 있나 봐. ㅎㅎ

그런데 빈센트는 좀 얄미워. 이야기하다 보면 혼나는 느낌도 들어. 내가 자전거를 계속 못 타는 건 연습을 하지 않아서래. 맞는 말이긴 한데 이상하게 기분이 나빠. 잘난 척하는 건 아닌데 잘난 척 같기도 하고. 옳은 말만 하긴 하는데 그 말이 듣기 싫어. 하여튼 그래. 내가 정말 자전거를 얼른 배우고 말아야지!

참, 언니가 해 준 우정의 유효기간 이야기가 정말로 많은 위로가 되었어.

땡큐!

이나는 마지막 줄을 읽고 피식 웃었다. 주나는 자존심이 세서 그런 건지, 고집이 세서 그런 건지 엄마와 아빠한테 혼났을 때 미안하다는 말을 하지 않았다. 한번은 그런 적이 있다. 주나가 집에서 친구들을 불러 생일파티를 하고 싶다고 했다. 주나는 5월이 생일인데, 새 학기 시작부터 생일파티 노래를 불렀다. 엄마는 토요일이 좋다고 했고 주나가 친구들을 초대했다. 그런데 엄마 회사에 좀 큰일이 생겨 집에서 생일파티를 할 분위기가 아니었다. 엄마는 바깥 식당으로 장소를 옮기라고 했는데 주나는 집에서 하겠다며 고집을 부렸다. 엄마와 실랑이를 벌이다가 주나는 "엄마는 나보다 회사가 더 중요해? 왜 맨날 나는 뒷전인데? 나는 엄마 회사 다니는 거 싫어. 아예 이참에 엄마 회사 망해 버렸으면 좋겠어"라고 했다. 그 말에 엄마는 너무 속상해했다. 그렇다고 주나에게 화를 내지도 않고 혼내지도 않았다. 그냥 아무 말도 하지 않았다. 주나는 알아서 생일파티를 취소했고 엄마 회사 일은 잘 해결되었다. 그렇게 일주일 이상 지나고 주나는 엄마에게 한마디 했다.

"아엠 쏘리."

어이없다는 듯 주나를 바라보던 엄마의 표정이 생각난다.

"이나야, 준비 다 했어?"

엄마가 부르는 소리에 "응"이라고 대답했다. 오늘은 엄마와 함께 외출하기로 했다. 이모부가 호텔 쉬는 날이라 우주를 돌보겠다며 엄마에게 오늘 하루는 쉬라고 했다. 엄마는 처음에는 괜찮다고 했지만 이모까지 나서서 나가 보라고 하니까 알겠다고 했다. 이모도 하루쯤 잔소리로부터 휴가를 내고 싶다고 했다. 우주가 태어난 지 2주가 지났는데 그동안 엄마는 매일 집에만 있었다.

"엄마, 나 옷 이렇게 입어도 돼?"

엄마는 요가복을 갖춰 입고 그 위에 얇은 가디건을 하나 걸쳤다. 하지만 이나는 따로 요가복이 없어서 반팔과 반바지를 입었다.

엄마는 요가를 하러 가고 싶다고 했다. 엄마는 요즘은 요가를 다니지 않지만 한때 매일 요가를 다닐 정도로 열심히 했다. 님만해민에 있는 원님만 쇼핑몰에 매주 화요일과 목요일 아침 9시 30분에 무료 요가 수업이 있다. 그 시간에는 누구나 요가 수업을 들을 수 있다.

"괜찮아. 그냥 편안한 옷 입고 하면 돼."

엄마는 걱정하지 말라고 했다.

이모와 이모부에게 인사를 하고 이나는 엄마와 함께 집을 나섰다. 우주는 자고 있어서 따로 인사를 못 했다.

원님만까지 5킬로미터밖에 되지 않는데 차가 밀리는 바람에 수업 시작이 다 되어서 간신히 도착했다. 원님만 중앙광장 옆 공간에 요가매트가 깔려 있고 사람들이 벌써 모여 준비를 하고 있었다. 이나도 엄마와 함께 빈자리를 찾아 앉았다. 우주가 태어나기 전날 이모, 엄마와 함께 원님만에 온 적이 있다. 그때는 저녁이라 지금과 분위기가 많이 달랐다.

요가 선생님은 당연히 태국 사람이지만 수업에 참석한 사람들은 다양했다. 이나처럼 동양인도 있고 서양인도 있다. 이나도 다른 사람들을 따라 매트에 가부좌를 하고 앉았다. 선생님이 가슴쪽에 두 손바닥을 붙인 후 허리를 숙여 인사를 했고 이나도 따라 했다. 그다음 선생님이 일어났고 이나도 따라 일어났다. 두 팔을 하늘 높이 쭉 뻗고 목도 쭉 뻗었다. 가슴이 활짝 펴져서 숨을 더 크게 들이마실 수 있었다.

이번에는 쭉 뻗은 팔을 그대로 둔 채 허리를 접어 두 팔을 땅에 닿도록 내린다. 요가를 처음 하는 이나는 앞에 있는 선생님과 옆에 있는 엄마를 눈치껏 따라 했다.

요가 수업은 40분 조금 넘게 진행되다가 끝났다. 사람들이 짐을 챙겨 나갔지만 엄마는 눈을 감은 채 앉아 있었다. 이나는 엄마를 기다렸다. 가만히 앉아 있으니 온몸이 데워진 느낌이다. 뜨거운 목욕탕 물에 들어갔다 나올 때와 조금 비슷하다.

엄마가 미리 챙겨 온 물을 한 모금 마시고 이나에게 건넸다. 이나도 물을 마셨다. 요가를 하면서 빠져나간 수분이 곧바로 채워지는 기분이었다.

"아, 개운해."

엄마가 천천히 말을 뱉었다.

"어땠어? 할 만하지?"

"응."

"어떤 동작이 제일 마음에 들어?"

"음. 바닥에 무릎 꿇고 앉아서 몸을 웅크리는 거."

두 팔을 바닥에 자연스럽게 내려놓고 한참을 있었다.

"그게 아기가 배 속에 있을 때 모습을 본뜬 거래."

아까 선생님이 그 동작을 할 때 "베이비"라고 말했다. 엄마는 두 손으로 양 발목을 잡고 활 모양으로 만든 채 있는 활 동작을 좋아한다고 했다. 요가 이야기를 하는 엄마 얼굴에 생기가 돈다.

"이나야, 여기 있는 동안 아침에 나와서 요가 할래?"

"봐서."

한국에 있을 때 엄마는 이나에게 같이 요가를 다니자고 했지만 이나는 싫다고 했다. 해서 뭐 할까 싶었다. 그런데 오늘 해 보니 요가는 제법 매력적이다. 온몸이 이완되면서 편해졌다.

"그래도 너 여기 와서 밤에 잘 자는 것 같아 다행이야."

한국에 있을 때 이나는 밤에 잘 잠들지 못했고, 여러 번 깼다. 피곤한 상태로 하루를 시작하면 종일 컨디션이 엉망이었다.

"새벽에 한 번씩 깨긴 하는데 늦게 일어나서 피곤하진 않아. 늦잠이 문제지, 뭐."

"늦잠 좀 자도 돼."

"그래? 그럼 계속 그렇게 자야겠다."

웃으며 이야기하고 있던 엄마가 갑자기 인상을 썼다.

"이나야, 나 장운동이 됐나 봐."

엄마가 급하게 일어나 화장실에 갔다. 그사이 이나는 1층을 돌아다녔다.

통로에서 이것저것 다양한 액세서리를 팔고 있었다. 나나정글에서 파는 물건들과 비슷한데, 여긴 실내라서 그런지 느낌이 많이 다르다. 왠지 비쌀 것 같고 수공예품 같지 않다. 지난주 앨리스와 핌을 따라 나나정글에 셀러로 참여했다. 이나가 재밌다고 하니, 여기에서 지내는 동안 매주 같이 와도 좋다고 했다.

나무로 만든 안경테가 있어서 한번 써 봤다. 음, 이건 안 어울린다.

"그거 마음에 들어?"

화장실에 다녀온 엄마가 물었다. 이나는 아니라고 대답했다.

"엄마, 나 배고파."

"응. 나도."

쇼핑몰에서 나왔다. 님만해민에는 브런치를 하는 카페가 많다. 길을 걷다가 메뉴 사진이 벽에 걸린 카페 앞에 멈춰 섰다. 이나와 엄마는 동시에 "여기!" 하고 외쳤다. 그런데 들어가 보니 자리가 다 차서 잠깐 대기 의자에 앉아 기다렸다.

드디어 빈자리가 나서 안내를 받았다. 메뉴판에도 바깥에 있던 것처럼 그대로 사진이 찍혀 있다. 전부 먹음직스러워 보인다. 이것도 먹고 싶고 저것도 먹고 싶고 또 이것도 먹고 싶었다. 엄마도 같은 마음인지 쉽사리 메뉴를 고르지 못했다.

"나 이건 꼭 먹고 싶어."

이나는 커다란 볼에 가득 찬 블루베리요거트를 골랐다. 그 위에 다양한 과일 토핑이 올라가 있다. 엄마는 에그베네딕트를 골랐고, 치킨샐러드와 토스트를 더 주문했다. 주문한 음식이 나오자 테이블이 가득 찼다. 초록색, 노란색, 보라색, 분홍색 등 알록달록하다. 먹기 아까울 정도로 색깔과 모양이 예쁘다. 이나는 제일 먼저 요거트를 섞어 한 입 먹었다. 인공적인 단맛은 거의 없고 살짝 시큼하지만 과일의 단맛이 느껴져 계속 떠먹을 수 있을 것 같았다.

엄마가 칼로 동그란 계란을 살짝 갈랐다. 노른자가 주욱 흘러내렸다. 이나는 노른자와 햄, 채소를 포크로 집어 먹었다. 노른자가 버터처럼 고소하다.

"근데 너 주나랑 언제까지 그럴 거야?"

"내가 뭘."

"같이 오면 좋았잖아. 너도 주나도 안 심심하고."

"난 그럴 바엔 차라리 혼자 한국에 있었을 거야."

이나는 멀리 떨어져 있는 주나를 잠깐 생각하다가 급하게 엄마를 불렀다.

"엄마, 나중에라도 절대 주나한테 말하면 안 돼."

"뭘?"

"내가 부탁한 거. 주나랑 같이 여기 올 수 없다고 한 거 말이야."

"당연하지. 걔 알면 난리 난다."

엄마는 걱정 말라고 했다.

"근데 너 주나랑 무슨 일 있었어?"

"일은 무슨."

이나는 엄마의 시선을 피해 얼마 남지 않은 요거트를 숟가락으로 싹싹 긁었다. 이나가 너무 세게 힘을 줘서 유리그릇에 쨍하고 숟가락 긁히는 소리가 났다. 엄마에게도 그 일만큼은 절대 이야기하고 싶지 않다.

"그래도 너희 둘 사이 정말 좋았잖아."

"우리가 언제? 난 걔랑 정말 안 맞아."

"둘이 잘 놀았으면서."

"놀긴 뭘 놀아. 맨날 싸웠지. 엄마, 그거 기억 안 나? 나랑 주나 머리 묶어 놨던 거."

엄마가 갑자기 큭큭 웃기 시작했다. 초등학교 5학년 때인가, 이나랑 주나랑 싸우니까 엄마가 둘의 머리카락을 엮더니 끈으로 묶어 버렸다. 그렇게 싸우고 싶으면 아예 내내 붙어서 싸워 보라고 말이다. 머리카락을 풀다가 둘 다 머리가 왕창 빠졌다.

"나는 윤영이랑 거의 안 싸우고 자랐는데 너희 둘은 어쩜 그렇게 많이 싸우는지."

"엄마, 나는 주나랑만 싸웠어. 학교에서 친구들이랑 싸운 적 거의 없다고."

"너는 다른 사람한테는 양보도 잘하고 착하게 대하면서 주나한테는 안 그래."

"그건 걔가 내 속을 긁으니까 그렇지."

"손뼉도 마주쳐야 소리가 나는 거야."

"몰라."

어렸을 때 이나는 주나와 무수히 많이 싸웠다. 주나는 이나가 하는 건 다 따라 했고 이나가 가진 건 무조건 똑같이 가져야 직성이 풀렸다. 한번은 아빠가 초등학생용 손목시계 하나를 가져온 적이 있다. 주나는 전에 선물로 받은 시계가 있었고 이나는 없었다. 그래서 아빠는 시계가 없는 이나에게 줬는데, 주나가 제 손목시계를 풀어서 바닥에 던졌다. 주나가 징징대는 게 보기 싫어서 이나는 그냥 새 시계를 주나에게 주고 주나가 사용하던 걸 받아 썼다.

"그거 주나 줘. 주나 울잖아."

"주나 먼저 하라고 해, 응?"

"주나도 하고 싶대. 네가 언니니까 양보 좀 해."

언니니까, 언니니까, 언니니까. 언니라는 이유만으로 이나가 양보하고 참아야 할 때가 많았다. 고집부리고 떼쓰는 주나를 보면 화가 날 때가 많았다. 그래, 내가 언니라서 참는다 치자. 도대체 너는 동생이라서 하는 게 뭐야? 누가 언니로 태어나고 싶다고 했나?

이나가 매번 양보할 수만은 없었고, 고집쟁이 주나 때문에 싸운 적이 많았다.

"우주 보고 있으면 너희 아기였을 때 생각나."

"나랑 주나도 우주처럼 귀여웠어?"

"그럼, 훨씬 더 귀여웠지."

엄마가 활짝 웃으며 대답했다. 우주를 볼 때마다 이나는 깜짝 놀란다. 이렇게 작다니, 봐도 봐도 작다니. 이나도 이렇게 작았을 때가 있었나 싶다. 어릴 때 사진을 보면 우주처럼 작았을 때가 분명 있다. 하지만 너무 어릴 때라 이나의 기억에는 없다. 우주도 언젠가 이나만큼 클 거다. 참 신기할 뿐이다.

"너도 아기였는데. 엄마가 많이 못 살펴 줘서 미안해. 그땐 어쩔 수 없었어, 알지?"

이나는 엄마의 시선을 피해 고개를 숙인 채 포크로 빈 접시를 콕콕 찔렀다. 엄마가 무슨 말을 하려고 하는지 안다. 주나는 태어나자마자 몸이 좋지 않았다. 그래서 이나는 할머니 집으로 가야 했다. 주나가 수술을 하고 나서도 회복을 해야 했기에, 이나는 가족과 2년 가까이 떨어져 살았다. 사실 너무 어릴 때라 이나는 그때 기억이 거의 없다. 할머니가 쯧쯧 혀를 찼던 것, 엄마와 아빠가 인형을 사 왔던 일 정도만 어렴풋이 기억난다. 할머니는 지금도 만나면 이나만큼 순한 아기가 없다는 말을 한다. 순하다는 건 결

코 칭찬이 아니다. 당사자가 좋은 게 아니라 상대가 편하다는 의
미니까.

식사를 마치고 식당에서 나온 엄마는 언제 다시 오늘처럼 쉬는
날이 올지 모른다며 오늘 실컷 돌아다니겠다고 했다. 길거리에
마사지 가게가 죽 늘어선 걸 보고 엄마가 말했다.

"우리, 타이 마사지 받아볼까?"

"아프면 어떡해?"

이나는 한 번도 마사지를 받아 본 적이 없다. 엄마는 예전에 받
아 본 적이 있는데 별로 아프지 않고 시원하다며 이나의 팔을 잡
아끌었다. 어쩔 수 없이 이나는 엄마를 믿고 같이 가겠다고 했다.

둘이 가게에 들어서니 같은 방에서 마사지를 받겠느냐고 직원
이 물었다. 엄마가 좋다고 했고 직원은 2층 방으로 따라오라며 안
내해 주었다. 이나와 엄마는 전용 가운으로 갈아입고 침대에 엎드
렸다. 조명은 어두웠고 조용한 음악이 흘러나왔다.

"미안해, 이나야."

"또 아까 그 얘기야?"

"아니, 아기 때 말고. 작년에 너 이해해 주지 못한 거. 계속 닦달
만 했잖아. 펫로스 증후군이란 게 있는 줄도 모르고 말이야."

이나는 잠시 멈칫했다.

작년 1학기 때였다. 그날은 투투가 하루 종일 잠을 잤다. 피곤

한가? 왜 그러나 싶었지만 전에도 가끔 그런 적이 있었으니까 그냥 두었다. 기말고사 점수가 나왔는데 성적이 또 떨어졌다. 머리가 나쁜 걸까. 운이 없는 걸까. 학원은, 독서실은 도대체 왜 그렇게 열심히 다닌 거야. 기운이 없어서 투투를 부르지도 않았다. 이나는 침대에 누워 이대로 영원히 잠이나 자 버리면 좋겠다고 생각했다. 투투는 저러다 말겠지. 그런데 다음 날도 투투는 일어나지 않았다. 하도 움직이지 않아서 투투를 꺼냈는데, 투투는 돌처럼 딱딱하게 굳어 있었다.

투투가, 가 버렸다. 아픈 것도 아니었는데, 갑작스럽게 일어난 일이었다. 어쩌면 그 전부터 아팠는데 이나가 몰랐던 게 아닐까. 이나는 투투한테 너무 미안해서, 너무 속상해서 어떻게 해야 할지 몰랐다. 한동안 멍하니 지냈다. 집에서도 학교에서도 계속 넋을 놓고 지냈다. 엄마, 아빠는 이나한테 그만 좀 하라고 했다. 그깟 거북이 때문에 언제까지 그럴 거냐고. 그 말이 너무 기분 나빴지만 부메랑이 되어 돌아왔다. 엄마, 아빠 말이 틀리지 않았을지도 모른다. 말로만 소중하다고 했던 게 아닐까? 소중했으면 잘 돌봤어야지. 병원에 한 번 데려가 보지도 못했잖아. 투투가 얼마나 원망했을까. 도대체 할 줄 아는 게 뭐야. 제대로 책임지지도 못할 거면서 왜 데리고 온 거야. 싫다, 정말.

이나가 간신히 잡고 있던 끈이 툭 끊어져 버렸다. 멍청한 나는 너마저 지키지 못했구나.

가만히 있다가 이런저런 생각이 몰려오면 숨이 쉬어지지 않았다. 꼭 죽을 것만 같았다. 한밤중에 가슴을 움켜쥐고 안방 문을 두드렸다. 그리고 그런 날이 반복되었다.

바다에 빠진 듯 몸을 움직일 수가 없다. 바닥에 가라앉으면 다 끝나겠지 싶지만 점점 더 밑으로 가라앉는다. 하염없이 가라앉는다. 끝도 없이 가라앉는다. 도대체 언제쯤 끝이 나는 거야.

엄마는 병원에 가 보자고 했다. 처음엔 가기 싫었다. 꼭 아픈 사람이 된 것 같았으니까. 그랬더니 엄마는 자기도 다닌 적이 있고, 엄마 주변에는 병원에 다니는 사람이 많다며 이상하게 생각할 것 없다고 했다. 그렇게 한동안 병원에 다니게 됐다.

"엄마도 그때부터 병원 다니기 시작한 거야?"

"언제?"

"아빠랑 이혼하려고 했을 때."

"그게 무슨 소리야?"

이나는 이제껏 궁금했지만 한 번도 하지 않았던 질문을 던졌다.

"근데 엄마, 그때 왜 아빠랑 이혼하려고 했던 거야?"

"우리가 언제? 어머, 얘가 무슨 소리를 하는 거야."

엄마는 그런 적 없다고 했지만, 당황했는지 말이 엄청 빨라졌다.

"나랑 주나도 다 알았는데."

잠시 후 마사지사들이 방으로 들어왔고 이나와 엄마의 대화는 끊겼다.

안녕, 빈센트

오늘 엄마랑 같이 시간을 보냈어. 엄마랑 이런저런 이야기를 하다가 예전 일이 나왔어. 나도 모르게 엄마한테 물었어. 나 6학년 때 왜 이혼하려고 했던 거냐고. 엄마가 놀라더라. 너랑 내가 모를 거라고 생각했나 봐. 그때 우리가 얼마나 많이 걱정했는데.

물론 엄마와 아빠가 우리 앞에서 싸운 적도 없고, 이혼 이야기를 꺼낸 적은 없었어. 그래도 우리는 알았잖아. 그때 우리 가족은 게임을 하고 있었던 것 같아. 먼저 말하는 쪽이 지는 거지. 엄마, 아빠는 우리한테 이혼 이야기 오가는 것 티 안 내려고 했고, 너랑 나도 모르는 척했지. 만약에 우리가 '이혼'을 입 밖으로 꺼내면 엄마, 아빠가 맞는다고 인정해 버릴까 봐 걱정했잖아. 너는 너무 엄마, 아빠 말을 잘 들어도 안 된다며 적당히 말도 안 듣고 그래야 한다고 했어. 우리가 너무 말을 잘 들으면 엄마, 아빠가 이상하게 생각할 거라고 말이야.

엄마는 그때 왜 이혼하려고 했는지 모르겠대. 거짓말하는 게 아니라 정말 모르는 것 같았어. 엄마는 한참 생각하더니 그때 일을 이야기해 줬어. 아빠가 싫었던 게 아니라 인생이 다 싫었던 것 같다고. 힘들어서 다 그만 두고 쉬고 싶었대. 회사 생활도 힘들고 우리 돌보는 것도 힘들고 그랬나 봐. 아빠가 그동안 몰라서 미안하다며 엉엉 울었대. 그래도 엄마 마음이 금방 풀리지 않았대. 아빠랑 같이 1년 동안 부부 상담을 받고 나서야 서로 이해하게 됐다더라.

판도라의 상자 안에는 놀라운 이야기가 들어 있지는 않았어. 그래도 오늘 엄마한테 물어보길 잘한 거 같아. 엄마와 아빠 사이가 지금은 좋지만 한편으로 불안할 때가 있었거든. 이러다가 다시 사이가 나빠지면 어쩌지 하고 말이야. 엄마 이야기를 듣고 나니까 이제 걱정 안 해도 될 거 같아. 그때 일을 이야기하는 엄마의 얼굴이 꽤 편하게 보였거든. 물론 앞으로 어떤 일이 또 생길지는 모르지만 말이야. 우선은 지금만 생각하고 싶어.

오늘 요가를 해서 그런가? 아직 10시밖에 안 됐는데 졸리네. 오늘은 일찍 자야겠어.

안녕.

열차에 오른 주나는 어리둥절했다. 이 모든 게 갑작스레 벌어졌기 때문이다.

"우리, 진짜 가는 거야?"

주나는 옆자리에 앉은 빈센트에게 물었고, 빈센트는 "응"이라고 대답하며 고개를 끄덕였다.

어제저녁 빈센트에게 연락이 왔다. 원래 오늘 빈센트는 주나의 자전거 연습을 도와주기로 했다. 그런데 박람회 관련 심부름으로 내일 암스테르담에 갔다 와야 한다고 했다. 전시품 설치에 필요한 액자 부속품이 암스테르담에 있는 상점에서만 판다기에 그곳이 어디냐고 물으니 네덜란드라고 했다.

"그런데 언제 와?"

"내일 갔다 내일 오지."

"비행기 타고 가?"

"아니. 기차."

"그게 가능해?"

주나는 다른 나라에 갈 때 비행기를 타지 않는다는 게 믿기지 않았다. 물론 지구본을 보면 유럽은 나라들이 다닥다닥 붙어 있다. 이론적으로는 이해되지만 주나는 경험해 보지 못했다. 우리나라는 다른 나라에 가려면 무조건 비행기나 배를 타야 하니까.

"내일 반 고흐 미술관도 갔다 올 거야."

빈센트도 암스테르담에는 한 번도 가 본 적이 없다고 했다. 빈센트와 전화를 끊고 주나는 빈센트의 여정을 상상했다. 그게 가능하다고? 곧바로 주나는 아빠에게 갔다.

"아빠, 나도 갈래, 암스테르담!"

처음에 아빠는 빈센트가 일하러 가는 거라며 허락하지 않았다. 그래서 주나는 빈센트가 데려가 주면 가도 되느냐고 물었다. 아빠는 그러면 허락하겠다고 했다. 아빠가 빈센트에게 전화를 걸어 괜찮은지 물었다. 그렇게 해서 지금 주나는 암스테르담행 열차를 타고 있다.

"주나, 여권 있어?"

"어? 안 가져왔는데."

빈센트가 깜짝 놀라며 의자에서 일어서려고 했다. 하지만 이미 열차는 출발한 다음이었다. 주나는 빈센트 팔을 잡았다.

"히히. 여깄지!"

주나는 가방에서 여권을 꺼내서 흔들었다. 당연히 여권을 챙겼다. 빈센트는 다른 건 다 두고 와도 되지만 여권만은 꼭 챙겨야 한다고 신신당부했다.

"장난 그만."

주나는 혀를 쏙 내밀었다. 빈센트는 놀리는 재미가 있다. 빈센트는 주나의 여권을 가지고 있겠다고 했다. 이따가 한 번 더 여권을 잃어버렸다고 장난치려고 했는데 아쉽다. 아마 이런 주나의 마음을 빈센트가 읽은 것 같다. 주나는 빈센트에게 여권을 건넸다.

"그러면 입국심사는 어디서 해? 기차에서 내렸다가 다시 타?"

"아니. 기차 직원 돌아다니면서 검사해."

"너무 간단하잖아."

주나가 베를린에 오기까지 거치는 과정이 꽤 까다로웠다. 인천에서 출국심사를 받고, 베를린에 도착해서 또다시 입국심사를 받았다. 하지만 독일과 네덜란드는 다른 나라임에도 이동이 간편하다.

"나도 기차 타고 다른 나라 가 보고 싶다."

"그런 날 와. 북한, 남한 통일하면 가능해."

어쩌면 기차를 타고 북한을 거쳐 중국을 거쳐 러시아를 거쳐, 독일까지 올 수 있을 날이 올지도 모른다. 하지만 주나에게는 아직 우주여행만큼 멀게만 느껴졌다.

주나는 새벽에 읽은 언니의 메일이 떠올랐다. 맞아, 그랬지. 엄마, 아빠의 이혼 이야기는 잊고 있었다. 그때는 정말 심각했는데, 다시 엄마, 아빠의 사이가 좋아지고 나서는 주나도 잊어버리고 말았다. 궁금한 걸 못 참는 주나였지만 엄마와 아빠에게 이혼에 관해 물어보지 않았다. 주나가 모든 걸 물어보는 건 아니다. 대답을 듣고 나서 결과가 좋지 않을 것 같으면 아예 묻지 않는다. 주나도 그 정도의 눈치는 있다.

그 당시에 주나는 엄마, 아빠가 이혼하는 것도 싫었지만, 언니와 떨어져 살게 될까 봐 더 걱정했다. 친구 중에 부모님이 이혼해서 형제와 따로 사는 경우가 있었다. 두 명씩 세트로 살아야 한다면 주나는 엄마, 아빠가 아닌 언니를 택해야겠다고 생각했다. 엄마, 아빠가 이혼하는 상황에서 그런 선택지는 아예 불가능했겠지만 말이다. 그랬던 언니인데, 왜 지금은 이렇게 됐을까. 주나가 물어보고 싶지만 묻지 못하고 있는 게 하나 남았다. 언니는 왜 그럴까. 내게 왜 그럴까. 하지만 물어보지 못했다. 아무 이유도 없을까 봐. 그냥 주나가 싫어서 그런 거라는 대답이 돌아올까 봐. 괜히 아무 문제도 없는데 문제를 만들고 싶지 않았다.

"졸리다. 나 잘래."

주나는 저절로 눈이 감겼다. 베를린 중앙역에서 아침 7시 기차라 6시보다 훨씬 전에 일어났다. 암스테르담까지 5시간을 타고 가야 한다.

"일어나, 주나."

빈센트가 주나를 깨웠다. 주나가 하품을 하며 눈을 떴다.

"어디쯤이야?"

"다 왔어."

"정말?"

주나는 놀라서 창밖을 바라보았다. 그런데 살펴봐도 여기가 독일인지, 네덜란드인지 모르겠다.

"진짜 다 왔어?"

"응. 10분 뒤 도착."

핸드폰을 꺼내 시간을 보니 정말 12시다.

"어쩐지 자면서 배가 고프더라."

빈센트는 자면서 어떻게 배고픔을 느끼느냐며 말도 안 된다고 고개를 절레절레 저었다.

암스테르담 중앙역에 도착했다. 종착역이 아니기에 서둘러 내려야 하는데 통로에 사람들이 서 있어 빠져나가는 게 쉽지 않았다. 주나는 빈센트를 놓칠까 봐 빈센트의 팔을 잡았다. 빈센트가 고개를 돌려 손바닥을 펼쳤다. 주나는 빈센트의 손을 잡았다. 둘은 열차에서 무사히 내렸다.

플랫폼도 정신이 하나도 없었다. 오고 가는 열차가 수십 대 보였다. 주나는 빈센트를 잃어버리면 안 되기에 옆에 바짝 붙어 섰다. 빈센트도 처음 온 이곳이 낯선지 표지판을 한참 바라봤다.

"저기야."

빈센트가 출구를 찾았다. 주나는 빈센트를 따라 역 바깥으로 나왔다. 주나는 핸드폰을 꺼내 암스테르담 중앙역의 사진을 찍었다. 베를린 중앙역이 현대식 건물이라면 여긴 엄청 고풍스럽다.

"내가 찍어 줄게."

빈센트가 주나에게 서 있으라고 했다. 주나는 역 앞에 서서 포즈를 취했다.

"이 건물 오래되었나 봐."

"200년 되었나?"

주나는 건물을 다시 한번 꼼꼼하게 보았다.

"근데 풍차는 안 보이네."

주변을 둘러보며 주나가 말했고 빈센트가 큭큭 웃었다.

"왜 웃어?"

"여긴 시내야. 풍차, 차 타고 가야 해."

주나는 아쉬웠다. 네덜란드 하면 떠오르는 게 풍차와 튤립이다. 네덜란드에는 어디나 풍차가 많은 줄 알았는데 아닌가 보다.

"상점까지 걸어가."

빈센트가 핸드폰으로 지도를 찾아보며 말했다. 빈센트가 움직이려고 하자 주나는 빈센트의 팔을 다시 잡아당겼다.

"빈센트, 나 배고파."

"점심 먹을래?"

"아니."

주나는 지나가는 사람을 가리켰다. 꽤 많은 사람들이 손에 파란색 고깔 모양 봉투를 들고 있었다. 그들에게서 고소한 냄새가 났다. 많이 맡아 본 냄새다.

"저거 뭐야?"

"폼메스 같은데."

"그게 뭐야?"

"아, 감자."

주나는 사람들이 먹고 있는 게 감자튀김이라는 것을 알아차렸다.

"우리도 저거 먹으러 가자."

주나는 감자튀김을 든 사람들이 걸어온 방향으로 갔다. 빈센트는 같이 가자고 말하며 주나의 뒤를 따랐다.

멀리서부터 사람들이 길게 늘어선 게 보였다.

"저기야!"

주나는 빈센트에게 빨리 오라고 손짓했다. 주나는 줄을 선 사람들 뒤에 따라 섰다. 점심시간이라 그런지 사람들이 많았다.

"여기 맛집이 확실해!"

주나는 침을 꿀꺽 삼키며 차례가 오기를 기다렸다. 감자 튀기는 속도가 빨라서 줄이 금방 줄었다.

주나와 빈센트의 차례가 되었다. 감자튀김 사이즈는 세 종류였는데 주나는 라지를 먹겠다고 했다. 기다린 시간이 있으니 무조건 많이 먹을 거다.

빈센트가 점원에게 주문을 했다. 소스가 여러 가지였고, 주나는 "마요, 마요!"를 외쳤다. 주나의 감자튀김 위에 마요네즈 소스가 잔뜩 뿌려져 나왔다. 주나는 얼른 감자튀김을 하나 집어 입에 넣었다. 갓 튀겨진 거라 무척 뜨거웠지만 주나는 씹는 걸 멈추지 않았다. 겉은 바삭하고 속은 사르르 녹을 정도로 부드럽다.

길거리에 서서 감자튀김을 먹고 또 먹었다. 아무래도 라지 사이즈는 무리였나 보다. 반 정도 먹으니 금세 배가 불러 와서 결국 감자튀김을 남겼다. 물을 마시고 있는데 빈센트가 휴지를 주나에게 건넸다. 그러고는 손가락으로 자기 입 주변을 가리키며 주나

입에 마요네즈가 묻은 것을 알려주었다. 주나는 얼른 휴지를 받아 입을 닦았다.

"내 여동생도 잘 묻어."

"오, 빈센트. 여동생 있어?"

"응."

"여동생은 몇 살이야?"

"열두 살."

빈센트가 핸드폰에 저장된 여동생 사진을 보여 줬다. 빈센트와 같이 찍은 사진인데, 둘 사이가 매우 좋아 보인다. 사진 속 빈센트는 장난기가 가득하다. 선비 같은 빈센트에게 이런 면이 있다니 의외다.

"동생이랑 친해?"

"안 친한 사람 있어?"

"아마도."

주나가 어깨를 쓰윽 들어 올리며 대답했다. 언니와 친하냐고 물어보면, 주나는 그렇다고 대답할 수 없었다.

빈센트가 가려고 하는 상점은 감자튀김 가게 바로 뒤편이었다. 가게에 들어가 빈센트는 점원에게 사진을 보여 주며 찾아 달라고 부탁했다. 점원은 2층으로 올라가라고 안내해 줬다. 가게에는 다양한 인테리어 부속품이 있었다. 빈센트가 물건을 찾는 동안 주나는 돌아다니며 구경했다. 전구와 액자 고리, 콘센트 스위치 등 아빠가 보면 좋아할 것들 천지다.

"다 찾았어."

빈센트가 주나를 불렀다. 둘은 1층으로 내려갔다. 계산하면서 빈센트가 점원에게 무슨 말을 했고 점원이 알았다는 듯 대답했다. 포장을 잘해 달라고 당부한다는 걸 주나는 눈치껏 알아차렸다.

"방금 독일어로 말한 거 아니지?"

주나는 독일어를 잘 모르지만 독일어와는 뭔가 다르게 들렸다.

"응, 네덜란드 말이야."

"네덜란드 말도 할 줄 알아?"

"조금. 독일 말 비슷해. 영어, 독일어 섞어 놨어, 네덜란드어."

점원이 포장한 것을 빈센트에게 건넸다. 빈센트는 등에 메고 있던 가방을 벗어 그 안에 물건을 넣었다.

"빈센트, 또 할 줄 아는 언어 있어? 한국어랑 영어, 네덜란드어 말고."

"프랑스, 스페인어."

"와. 그럼 몇 개야."

주나는 손가락으로 하나씩 세 봤다. 독일어를 빼고도 다섯 손가락이 꽉 찬다.

"할 줄 아는 외국어만큼 많은 인생 살 수 있대."

"그럼 빈센트는 여러 인생을 살 수 있겠다."

주나는 빈센트가 조금 다르게 보였다. 주나는 영어 공부하는 게 싫을 때마다 온 세계가 한 언어를 쓰면 얼마나 좋을까 생각했다. 그런데 한 나라도 아니고 200개도 넘는 나라가 한 언어만을 쓰는 건 너무 재미없을 것 같다.

"이제 보니 빈센트 뇌섹남이었어."

"뭐야, 그게?"

"뇌가 섹시한 남자."

빈센트는 한국말은 알면 알수록 재밌다며 웃었다.

원래는 상점에 들렀다가 점심을 먹으려고 했지만, 간식으로 먹은 감자튀김으로 배가 불러 좀 늦게 먹기로 했다. 먼저 반 고흐 박물관으로 가기로 했다.

"조금 멀어. 그래도 걸어? 예뻐, 길."

주나는 걸어서 얼마나 걸리느냐고 물었다. 빈센트가 30분 정도라고 했고 주나는 그러겠다고 했다.

자전거를 타고 다니는 사람이 여기도 꽤 많았다. 빈센트는 무료 자전거 대여소가 있다며 빌려서 한 번 타 보겠느냐고 물었다.

"아니. 오늘은 좀 쉬고 싶어."

아직 주나는 자전거를 잘 타지 못한다. 여기까지 와서 넘어지고 싶지 않다.

"연습 안 하면 자전거 못 배워. 그대로 한국 갈 거야."

"연습할 거야, 걱정 마."

"지난번에도 그 말 했어. 주나, 말대로 연습하면 벌써 탔어."

"윽, 팩폭."

주나가 인상을 쓰며 말했다.

"그건 또 무슨 말이야?"

"팩트 폭력. 빈센트 같은 사람을 팩트 폭력기라고 해. 팩트만 콕콕 집어 상처 주는 말을 한다는 거지."

그 말만큼 빈센트를 잘 설명하는 건 없을 거다. 주나는 핸드폰 이름에 빈센트 이름을 '팩폭 빈센트'로 바꿔야겠다고 생각했다.

주황, 노랑의 알록달록한 건물이 다닥다닥 붙어 있었다. 아주 아기자기하다. 건물 높이는 4, 5층 정도로 높지 않다. 그런데 건물이 위로 올라갈수록 앞쪽으로 기울어져 있는 것처럼 보인다.

"빈센트, 내 눈이 이상한 거야? 건물이 이상해."

주나는 눈을 비비고 다시 건물을 바라보았다.

"운하 바로 옆에 지었어. 그래서 그래."

빈센트는 주나가 잘못 본 게 아니라며 알려 주었다. 주나는 오른손을 들어 기울어진 정도를 측정해 보았다. 적어도 5도 이상 기울어져 있는 것 같다.

조금 더 걸어가니 운하가 나왔다. 운하라고 해서 엄청 큰 줄 알았는데, 작은 다리로 건널 수 있는 크기다. 운하는 옆에 길게 늘어선 건물과 잘 어울렸다.

"빈센트, 나 사진 좀 찍어 주라."

빈센트는 알겠다고 고개를 끄덕였다. 빈센트는 다리 앞에 선

주나를 여러 번 찍어 주었다. 주나는 다양한 포즈를 취했다.

"어때?"

빈센트는 찍은 사진을 보여 주며, 주나에게 마음에 드느냐고 물었다.

"와, 사진 잘 찍는다. 다 마음에 들어! 잠깐만, 빈센트."

주나는 빈센트 옆에 바짝 붙어 섰다.

"같이 찍자."

주나는 셀카 모드로 변경해서 빈센트와 함께 사진을 찍었다. 빈센트가 어색하게 웃어서 활짝 웃으라고 했더니 빈센트가 치아가 다 드러나도록 웃었다. 그래서 주나도 빈센트처럼 입을 크게 벌려 사진을 찍었다.

사진 찍고 구경하는 사이 박물관에 도착했다. 한꺼번에 관람객이 몰리는 것을 방지하게 위해 시간별로 입장이 가능했다. 표에는 민트색 바탕에 나무가 그려진 반 고흐 작품이 인쇄돼 있었다.

주나와 빈센트가 입장할 차례가 되었다. 1층 입구에 표를 내고 안으로 들어갔다. 벽면에 영어로 박물관에 관한 설명이 적혀 있었다. 주나는 천천히 읽었다. 반 고흐의 조카가 이곳을 만들었다.

주나는 빈센트와 함께 천천히 작품을 둘러보았다. 처음 보는 그림이 많았지만 대부분의 작품들이 이건 반 고흐가 그렸구나, 하고 알 수 있었다. 반 고흐만의 붓 터치가 눈에 띄었다. 주나는 사진으로만 보던 그림을 직접 보니 기분이 이상했다. 그림 같지가 않고, 실제로 움직이는 것처럼 보였다. 손을 대면 해바라기가 만져질 것 같고 감자 먹는 사람들은 액자 뒤에 진짜로 살고 있을 것만 같았다. 〈까마귀가 있는 밀밭〉 앞에 섰을 때는 어디선가 바람이 불어오는 것 같았다.

5층까지 다 둘러보는 데 2시간가량 걸렸다. 주나가 주변을 살피며 물었다.

"그건 없나?"

"뭐?"

"별이랑 카페 그림 있는 거."

"아, 〈스타리 나잇〉?"

"응. 〈별이 빛나는 밤에〉."

주나는 한국 작품명으로 말했다. 작년 담임선생님은 미술 과목을 맡고 있어서인지 칠판 옆 알림판에 그 그림을 걸어 두었다. 주나는 수업을 듣다가 고개를 돌려 그 그림을 보면, 교실이 아닌 다른 곳에 와 있는 듯한 기분이 들곤 했다.

"그건 뉴욕 있어."

"아쉽다. 그거 보고 싶었는데."

계단을 내려오며 주나가 말했다.

"〈스타리 나잇〉, 한국 제목 뭐라고?"

"〈별이 빛나는 밤에〉."

"예쁘다. 빛나는, 그 말 아주 예뻐."

"그런가?"

주나는 빈센트의 말을 듣고 빛나다, 빛나다, 하고 작게 발음해 보았다. 그러자 신기하게도 입 안이 빛나는 기분이 든다. 반대로 빛나다의 반대편에 서 있는 어둡다를 말해 보자 이번에는 입이 동굴처럼 어두워진다. 단어 하나하나에 감정이 들어 있다는 걸 여기 와서 처음 알았다. 주나는 연극 연습을 할 때, 한국어의 단어 뜻을 찾아본다. 그동안은 잘 알고 있다고 생각했기에 단어의 정확한 뜻을 찾아본 적이 없었다. 하지만 사전을 찾아보면 조금 다를 때도 있고 더 자세한 설명을 보고 명확하게 깨달을 때가 있다. 주나는 이곳에 와서 한국어를 제대로 공부하는 중이다.

관람을 마치고 바깥으로 나왔다. 중앙역으로 돌아갈 땐 트램을 타고 가기로 했지만 날씨가 좋아서 주나는 또 걷고 싶었다.

"빈센트, 귀는 태어날 때부터 그런 거야?"

주나가 제 오른쪽 귀를 만지며 물었다. 그동안 궁금했지만 실례가 될 거 같아서 묻지 않았다.

"아니. 아기 때 아팠대. 그래서 잘 안 들려. 그런데 괜찮아. 오른쪽 아주 잘 들려."

빈센트가 빙긋 웃으며 말했다.

"나도 아팠대."

"어디?"

"여기."

주나가 오른손을 왼쪽 심장에 살짝 댔다.

"큰 수술을 받았대. 지금은 안 아픈데 아주 괜찮은 건 아닌가 봐."

엄마와 아빠는 다시 아플지도 모르니까 주나에게 조심하라고 했다. 지금은 아픈 아이가 아닌데 아플지도 모르는 아이로 살고 있다. 주나의 과거는 미래를 붙잡고 있다. 그래서 몸에 무리가 가는 일은 하지 않는다. 초등학교 저학년 때는 운동회 날 학교에 가지 않았다. 그날은 엄마나 아빠가 회사 휴가를 내고 주나와 종일 있었다. 다른 친구들이 운동회에 참여하는 걸 보면 주나가 같이하고 싶어 할까 봐 아예 가지 말라고 했다. 주나는 화가 날 때가 많았다. 왜 나는 이렇게 태어난 걸까. 원망하고 싶은데 누굴 원망해야 할지 몰랐다.

"다행이야, 주나."

"응?"

"지금 괜찮아. 정말 다행이야."

주나는 아무 말 하지 않고 가만히 빈센트를 바라보았다. 진짜야, 빈센트? 빈센트는 사실만 말하는데. 빈센트의 진심이 주나 마음에 와닿았다.

길을 지나가는데 꽃을 파는 가게가 있었다. 갑자기 빈센트가 가게로 들어가더니 노란 튤립을 한 송이 사 왔다.

"선물."

주나는 빈센트가 건네는 튤립을 받았다. 튤립은 아주 예뻤다. 풍차를 보지 못한 아쉬움을 튤립이 달래 주었다. 지금 여기는 네덜란드다. 튤립의 나라, 네덜란드. 주나는 지금 이 순간이 현실 같지 않았다. 마치 자신이 만화 속 주인공이 된 것 같은 기분이 들었다.

"빈센트, 빈센트 반 고흐를 만난 기분이 어떠세요?"

주나는 튤립을 마이크처럼 들고 말한 다음 빈센트에게 건넸다.

"또 다른 나를 만나 아주 기쁩니다."

빈센트가 주나의 장단에 맞추어 대답해 주었다.

"오, 빈센트. 아주 유명한 사람이었군요."

"맞습니다. 내 이름 제목 노래도 있어요. 〈빈센트〉라고."

"오, 정말?"

주나가 놀라며 물었고, 빈센트가 고개를 끄덕였다.

"사실 빈센트 반 고흐를 위해 만든 노래야."

"그 노래 불러 줘."

"지금? 여기서?"

"응."

빈센트가 곤란한 표정을 지었다. 하지만 주나는 빈센트를 졸랐다.

"빈센트 노래 잘한다며? 지수가 그랬어. 그러니까 불러 줘, 응?"

"오케이."

길을 걸어가며 빈센트가 노래를 부르기 시작했다.

"스타리 스타리 나잇."

주나도 많이 들어 본 노래다. 주나는 빈센트 옆을 따라 걸으며 빈센트의 노래를 들었다. 순간 빈센트에게 반짝 빛이 났다.

의외의 하룻밤

언니, 나 사랑에 빠진 거 같아. 아니, 사랑에 빠졌어!

세상에, 세상에 말이야. 나, 빈센트를 좋아해. 와, 내가 빈센트를 좋아하게 될 줄 꿈에도 몰랐어. 빈센트는 내 스타일이 아니거든. 그래서 빈센트에게 아무렇지 않게 자전거도 가르쳐 달라고 하고 툴툴대고 오늘은 기차 안에서 옆에 앉아 막 입도 벌리고 자고 그랬어.

아, 오늘 빈센트랑 같이 기차 타고 암스테르담에 다녀왔어. 반 고흐 박물관도 구경하고 말이야.

어쩌면 암스테르담 때문일까? 암스테르담에 가기 전에 빈센트는 그냥 빈센트였거든. 그런데 암스테르담에서의 빈센트는 그냥 빈센트가 아니었어. 내가 좋아하는 빈센트가 되어 버렸어. 정말 말도 안 돼. 아, 그런데 그런 일이 벌어졌지 뭐야!

베를린으로 돌아오는 기차 안에서 기분이 너무 이상했어. 심장이 콩콩

대고, 입술이 바짝 마르고 긴장이 되더라고. 그래, 그때까지도 나는 빈센트를 좋아하는지 몰랐어. 빈센트가 말을 하면, 주위의 다른 소리는 다 음소거 처리가 되고 빈센트의 말만 귀에 들어오더라. 아주 또렷하게 말이야. 빈센트가 아무리 한국말을 잘한다고 하더라도 배운 지 얼마 되지 않아서 못 알아들은 적이 많았거든. 그래서 나도 대충 흘려듣기도 했어. 그런데 빈센트의 모든 말이 또박또박 들렸어.

아, 이렇게 사랑에 빠져도 되는 걸까? 베를린에서 머무를 시간이 얼마 남지 않았는데. 곧 빈센트와 헤어져야 하는데. 그 생각을 하면 슬퍼진다. 그와 사랑에 빠진 지 얼마 되지 않았는데 헤어져야 한다니. ㅠㅠ

이제 이모를 이해할 수 있을 거 같아. 사실 나는 이모가 이해가 안 됐거든. 완벽하게 말도 안 통하는 외국 사람이랑 결혼이라니 말이야. 그런데 서로가 모국어로 대화한다고 더 소통을 잘하는 게 아니잖아. 그랬다면 자기 나라 사람끼리 만나면 싸울 일이 없겠지.

빈센트가 보고 싶어. 빈센트가 불렀던 노래를 다시 듣고 싶다. 이럴 줄 알았으면 빈센트가 노래 부를 때 동영상으로 찍어 둘 걸 그랬나 봐. 아니다. 동영상으로 본다고 해서 그 느낌을 다시 느낄 순 없을 거야. 그 순간은 딱 그때뿐이니까. 다행히 나는 그 순간을 기억해. 아마 내가 할머니가 되어도 그때만큼은 잊지 못할 것 같아.

앗, 계속 빈센트 이야기만 했네. 다들 잘 지내지? (안부 인사가 너무 늦었네. ^^;)

언니, 〈빈센트〉란 노래 알아? 언니는 팝송도 많이 알잖아. 빈센트가 불러 줬던 노래야. 빈센트 반 고흐를 기리며 만든 노래래. '스타리 스타리 나잇~' 하고 시작되는데, 참 좋아. 난 지금 그 노래를 듣고 있어. 오늘 밤은 이 노래를 듣다가 잠들 것 같아. 언니도 시간 되면 한번 꼭 들어봐. 이왕이면 별이 반짝이는 밤이면 더 좋을 거야.

이렇게 편지 쓰고 있으니까, 갑자기 어렸을 때가 생각나. 우리가 주고받았던 쪽지 기억나? '아침까지 기다릴게' 말이야. 언니도 기억하지? 꼭 그때로 돌아간 것 같기도 하네.

그럼 잘 있어!

'아침까지 기다릴게'라니. 어렸을 때 이나와 주나가 주고받은 쪽지인데, 나중에 주나가 '아침까지 기다릴게'라고 이름 붙였다. 이나가 초등학교 3학년 때, 주나가 1학년 때였다. 초등학교에 막 입학한 주나는 유치원과 다른 환경 때문에 좀 힘들어했다. 어느 날 이나가 방으로 들어왔는데 책상 위에 접혀 있는 쪽지가 있었다. 접힌 곳에 '이나 언니만 볼 것'이라고 적혀 있었다. 쪽지를 펴보니, 주나가 키가 작다며 땅꼬마라고 놀리는 아이 때문에 고민이라고 했다.

정민이를 한 대 때려 줘도 될까? 그런데 헐크라고 애들이 놀릴까 봐 또 걱정이야. 어떡하지? 나 심각해!!!!!! 엄마한테는 무조건 비밀이야. 엄마는 분명 때리지 말라고 할 거니까. 내일 아침까지 내 책상 위에 답을 써서 올려 줘. 아침까지 기다릴게.

그때 이나가 뭐라고 답을 썼더라. 아마 정민이가 뭐라고 해도 반응하지 말라고 답 쪽지를 보냈던 것 같다. 놀리는 이유 중에 하나는 발끈하는 모습을 보고 재밌어하기 때문이다. 무시하고 또 무시하라고 했다. 그 방법이 통했는지 그 이후로 주나는 문제가 생기면 쪽지를 남겼다. 친구의 오해를 어떻게 풀면 좋을지, 문제집 답안지를 베낀 걸 들켰다든지 하는 일이 생겼을 때 말이다. 거의 1년 가까이 쪽지를 주고받았던 것 같다. 그때 주고받았던 쪽지는 남아 있지 않다. 주나가 엄마, 아빠가 보면 안 된다며 쪽지를 받으면 바로 잘게 찢어 버리라고 지시했기 때문이다. 주나가 보낸 쪽지 마지막 문장은 '아침까지 기다릴게'였다. 어떤 날은 졸려서 답 쪽지를 쓰지 않고 잠들었다가 아침에 일어나 부랴부랴 쓰기도 했다. 깜박하고 이나가 답 쪽지를 보내지 않으면 주나는 계속 투덜댔다.

이나는 〈빈센트〉 노래를 찾았다. 재생 버튼을 누르려다가 멈췄다. 주나가 알려 준 대로 이 노래는 밤에 들어야 더 좋을 것 같다. 지금은 이른 아침이라 노래의 매력이 반감될 거다. 이따가 밤에 들을 생각으로 우선은 재생 목록에 추가해 두었다.

비가 와서 그런지 오늘 화실엔 앨리스만 있다. 앨리스는 크로키를 그려 보는 게 어떻겠냐고 물었다. 이제까지 정물화를 주로 그렸다. 이나는 오래 고민하지 않고 오케이, 하고 말했다. 이상하게 '네' '좋아요'보다 '오케이'라고 말하는 게 더 쉽다.

크로키는 움직이는 사람이나 동물을 재빠르게 그리는 그림이다. 앨리스는 대상이 바뀌었을 뿐 재빠르게 스케치를 한다고 생각하라고 했다. 움직임 하나를 머릿속에 넣은 후 그 모습을 빠르게 그리는 거다. 우선 오늘은 코코를 그리기로 했다. 평소 코코는 주로 잠을 자거나 느릿느릿 걸어 다니는데, 막상 그리려고 보니 재빨랐다. 옆자리에서 앨리스가 이젤 앞에 앉아 코코를 스케치했다. 앨리스가 하는 것을 보니 대강 감이 왔다. 이나도 포착한 코코의 형태를 우선 그렸다.

코코는 화실을 몇 바퀴 돌다가 전용 소파에 앉아 엎드렸다. 잠을 자려나 보다. 코코는 깨어 있을 때보다 잠자고 있을 때가 더 많다. 고양이는 원래 야행성이기도 하고, 하루에 15시간 정도를 잔다고, 지난번에 묻지도 않았는데 채강이가 알려 주었다.

이나는 잠자는 코코를 그렸다. 자고 있어서 그리는 게 훨씬 수월했다.

앨리스가 다가와 스케치를 잘했다며 칭찬해 주었다. 이나는 '노'라고 말하려다가 "땡큐"라고 대답했다. 앨리스가 칭찬할 때마다 이나가 아니라고 하니까, 지난번에 앨리스는 정색을 하면서 한

마디 했다.

"유 저스트 세이 땡큐."

아니라고 하지 말고, 고맙다고 대답하면 된다고. 너의 그림은 충분히 멋지다고. 이나는 이제까지 자신이 거절했던 칭찬들에 대해 떠올려 보았다. 초등학생 때부터 이나는 그림 그리는 걸 좋아했고 친구들은 이나에게 그림을 그려 달라고 했다. 처음엔 영화나 애니메이션을 따라 그리다가 이나가 캐릭터를 직접 만들어 그리기도 했다. 친구들은 이나의 그림이 독특하고 예쁘다고 했다. 그럴 때마다 이나는 친구들이 그냥 하는 말이라고 여겼다. 그래서 "아냐" "별로야"라고 대꾸했다. 미술대회에 나가서 상을 받은 것도 아닌데 이 정도가 잘한 건가 싶었다. 어쩌면 그들은 진심이었는데 진심을 거절한 건 이나가 아니었을까.

화실에 온 지 2시간 가까이 되었지만 오늘은 수강생이 이나 혼자다. 코코 모습을 다섯 개 정도 그린 후 이나는 집에 갈 준비를 했다.

우산꽂이에서 우산을 꺼내는데 앨리스가 우산이 너무 작지 않느냐고 물었다.

"이츠 오케이. 노 프라블럼."

이나는 앨리스에게 인사를 하고 화실을 나섰다.

생각보다 비가 더 많이 내린다. 이렇게 종일 비가 온 건 여기 와서 처음이다. 항상 화실에서 집으로 오는 길에 과일주스를 사 먹었는데 오늘은 건너뛰어야겠다. 비 때문인지 길거리에 사람들도 거의 보이지 않는다.

어? 여기는 어디지. 골목을 잘못 들어섰나 보다. 처음 보는 상점들이다. 이나는 걸어왔던 곳으로 되돌아갔다. 하지만 걸으면 걸을수록 계속 처음 보는 곳이다. 여기가 아닌가? 아까 왔던 길이 맞나? 태국어로 적혀 있는 간판이라 다 비슷비슷하게 보인다. 이 빨간 간판은 봤던 것도 같고, 아닌 것도 같다. 비라도 좀 그치면 알아볼 수 있겠는데 잘 보이지도 않는다. 핸드폰이 없어 연락도 할 수 없다.

우산을 썼지만 몸이 다 흠뻑 젖었다. 우산을 쓰는 게 의미가 있나 싶을 정도로 비가 세차게 온다. 그래도 이나는 두 손으로 우산을 꼭 부여잡고 걸었다.

"걱정 마, 언니."

그때도 그랬다. 4학년 여름 방학 때였나. 주나와 단둘이 집에만 있는 게 너무나 심심했다. 인터넷에서 대형 서점이 새로 단장해서 문을 열었다는 걸 보았다. 엄청 기다란 책상이 있고 문구 코너도 컸다. 이나는 서점을 소개한 블로그를 한참 보았다.

"언니, 저기 가고 싶어?"

옆에 있던 주나가 물었다. 이나는 가볍게 응, 하고 대답했다. 주나는 그러면 가 보자고 했다. 주나는 이나와 달리 깊게 생각하지 않는다. 저길 잘 찾아갈 수 있을까, 가서 뭐 하지, 엄마, 아빠한테 말하면 가지 말라고 할 게 분명한데, 집을 잘 찾아올 수 있을까. 이나가 1단계, 2단계를 넘어 3, 4단계까지 생각한다면 주나의 생각 구조는 1단계 가고 싶다, 2단계 그럼 간다로 간단하다.

"우리 둘이?"

"응."

서울까지 한 번에 가는 버스가 있었다. 그걸 타고 내려서 지하철을 갈아타면 된다. 엄마, 아빠와 함께 버스, 지하철을 타고 서울에 간 적은 있다. 하지만 주나와 둘만 간다고? 친구 중에 중학생인 언니와 단둘이 서울에 갔다 왔다는 아이들이 있긴 했다. 할머니에게 용돈 받은 걸로 새 펜을 잔뜩 사면 좋긴 할 텐데.

"그래, 가자!"

그렇게 이나는 주나와 함께 집을 나섰다. 집 앞에서 서울 가는 버스를 타고 30분을 달리니 합정역이 나왔다. 안내 방송을 잘 들으니 지하철 환승도 그리 어렵지 않았다. 서점에 들러 책상도 보고, 책도 보고, 펜과 마스킹 테이프, 스티커를 샀다. 주나는 펜에는 별로 관심이 없지만 마스킹 테이프는 좋아해서 여기저기 붙였다. 한참을 구경하고 나서 주나가 배가 고프다고 했다. 둘은 무작정 바깥으로 나와 식당을 찾았다. 주나가 돈가스가 먹고 싶다고 했는데, 돈가스 파는 곳이 보이지 않았다. 걷고 또 걷다 보니 돈가스 가게가 나왔다. 둘은 돈가스 하나, 우동 하나를 주문했다. 돈가스는 바삭했고 우동은 쫄깃했다. 거기까진 좋았다. 하지만 식당을 나와서 지하철역으로 가야 하는데 길이 낯설었다. 골목을 잘못 들어섰고, 지나가는 사람도 없었다. 가도 가도 아까 왔던 길이 보이지 않았다. 머릿속이 하얘진다는 것을 이나는 그때 처음으로 경험했다. 아무 생각도 들지 않았고 숨이 턱, 막혔다. 어떻게 해야 할지 몰라 주변을 두리번거렸다. 그때 주나가 이나 손을 꼭 잡으며 말했다.

"걱정 마, 언니. 우리 찾을 수 있어."

혼자가 아니라 주나가 옆에 있다고 생각하니 그제야 마음이 좀 진정되었다. 이나는 주나 손을 꼭 붙잡았다. 빨간 벽돌 건물이 낯이 익었다. 저 벽보도 봤던 거다. 이나와 주나는 각각 하나씩 봤던 것을 말했다. 그렇게 걷다 보니 다시 광화문역으로 돌아올 수 있었다. 지하철역에 도착해서야 둘은 잡고 있던 손을 놨다. 얼마나 꼭 잡고 있었는지 손바닥에 땀이 많이 나 끈끈할 정도였다. 이나와 주나는 엄마와 아빠가 퇴근하기 전에 집에 도착했다. 그날 일을 엄마, 아빠는 모른다.

이나는 골목을 빠져나와 옆 골목으로 갔다. 매일 가는 주스 가게다! 문을 닫아서 못 알아볼 뻔했지만, 옆에 세워져 있는 망고 모양 입간판을 발견했다. 지금 집으로 가는 것보다 화실에 가는 게 더 빠를 것 같았다. 이나는 화실을 향해 걸었다.

간신히 화실 앞에 도착했다. 이나가 우산을 접고 화실 문을 열고 들어가는데, 갑자기 온몸에 기운이 쭉 빠졌다.

"언니!"

이나가 쓰러졌고, 앨리스와 채강이가 달려왔다.

병원에 도착한 이나는 계속 몸을 부들부들 떨었다. 앨리스가 준 담요를 두르고 있지만 이나의 몸은 계속 떨렸다. 기침까지 나왔다. 이나는 채강이네 엄마 차에 타서야 정신을 차렸다. 택시가 잘 잡히지 않아 채강이가 급하게 엄마에게 전화를 걸었고 엄마가 곧바로 화실로 와 주었다.

"김이나."

병원 카운터에서 이나 이름을 불렀다. 이나는 앨리스와 채강이 엄마 부축을 받고 카운터로 갔다. 채강이네 엄마가 이나에게 물어 대신 서류를 작성해 주었다. 병원에서 등록을 위해 사진을 찍어야 한다고 해서 이나는 카메라 앞에 앉았다.

"호스피탈 해브 코리아 트랜슬레이션 서비스."

간호사가 알려 주었고, 채강이네 엄마는 통역 서비스를 이용하자고 했다. 앨리스도 그게 좋겠다고 했다. 앨리스에게 영어로 전하고 앨리스가 다시 의사에게 태국어로 말하는 것보다 한국어와 태국어를 모두 할 줄 아는 통역사를 통하는 게 더 확실할 거다.

잠시 후 통역사가 왔다. 진료실에는 보호자로 채강이네 엄마가 함께 들어갔다. 체온을 쟀는데 38.6도가 나왔다. 의사가 시키는 대로 이나는 입을 벌렸다.

"목이 부었대요. 비 맞고, 목 부어서 열난대요. 감기예요. 해열제랑 목 아픈 거 낫는 약을 줄 거예요."

의사의 말을 통역사가 전달해 주었다. 약을 받기 전에 진료실 옆으로 옮겼다. 젖은 수건으로 간호사가 이나의 몸을 닦아 주었다.

언제였더라. 초등학교 입학 기념으로 엄마와 아빠가 이나에게 침대를 사 주었다. 그날 신나서 이나와 주나는 침대 위를 방방 뛰기도 했고 베개 싸움도 했다. 그날 이나는 처음 제 방에서 혼자 잠을 잤다. 그래서인지 잠이 잘 오지 않았다. 시간이 지나자 설레는 마음보다 무서운 마음이 더 커졌다. 막 선잠이 들었는데, 갑자기 엄마와 아빠가 이나를 깨웠다. 아빠가 주나를 안고 있었고, 이나는 엄마 손을 잡고 비몽사몽 차를 탔다. 주나가 갑자기 열이 나서 새벽에 응급실에 갔다. 그때 간호사 선생님도 지금처럼 주나 몸을 닦아 주었다. 주나가 끙끙대며 눈을 제대로 뜨지 못했고 이나는 두려웠다. 아까 베개로 머리를 세게 친 게 문제였을까? 주나도 재밌다며 웃었는데. 주나는 열이 내리지 않아 이틀인가 병원에 입원했다. 그날 이후로 이나는 조심스러웠다. 주나가 또 아플까봐. 가끔 자다가 그 생각이 들면 벌떡 일어나 주나 방으로 갔다. 주나는 꼼짝도 하지 않고 똑바로 누워 있었다. 검지를 주나 코 밑에 살짝 댔다가 주나가 숨 쉬는 게 느껴지면 조용히 문을 닫고 나왔다.

약이 나오길 기다리는데 병원으로 엄마와 이모부가 도착했다. 둘은 앨리스와 채강이네 엄마에게 고맙다고 인사를 했다.

"열이 많이 나네."

엄마가 이나 이마를 손바닥으로 짚었다.

"약 먹으면 나을 거래."

이나가 콜록콜록 기침을 하면서 말했다. 실내로 들어와서 시간이 지나서인지 오한은 좀 없어졌다. 이모부가 계산을 하고 약을 받아 왔다.

"집에 가서 좀 쉬자."

엄마가 이나 어깨에 팔을 둘러 일으켜 세웠다. 갑자기 이나는 정신이 번쩍 들었다.

"나 집에 안 가, 엄마."

이나가 엄마를 밀어내며 말했다.

이나는 조심스럽게 현관으로 들어섰다.

"집 정리를 안 해 놔서."

채강이네 엄마가 급하게 거실을 정리하기 시작했고 채강이도 따라 했다. 채강이가 거실 바닥에 벗어 둔 잠옷을 주웠고, 채강이네 엄마는 거실 탁자 위 종이와 과자봉지, 물컵을 정리했다. 이나도 도와야 하는 게 아닐까 싶다가 그게 오히려 실례가 될까 봐 현관 앞에 서 있었다.

"우리가 이러고 살아."

채강이네 엄마가 웃으며 말했고, 이나는 "저희 집도 그래요"라고 했다.

채강이네가 머무는 곳은 작은 거실 겸 주방과 방 두 개로 구성된 소형 아파트다. 여행자들이 주로 머물기에 필요한 것만 딱 있었다. 거실에는 소파와 탁자, TV가 아기자기하게 놓여 있고 주방에는 식탁 하나, 방에는 침대만 하나씩 들어가 있었다.

"너는 이 방 쓰면 돼."

채강이네 엄마가 현관 옆에 있는 방문을 열며 말했다. 채강이가 쓰는 방인데 오늘은 채강이가 엄마와 자기로 했다.

"감사해요, 아줌마."

병원에서 잠시 토론이 벌어졌다. 이나는 열이 나는 상태로 이 상태로는 갈 수 없었다. 엄마는 이모, 우주와 되도록 마주치지 않으면 된다고 했지만 이나는 싫다고 했다. 괜히 치앙마이에 온 게 아닌가, 혼자라도 먼저 한국에 가야 하는 게 아닌가, 이나는 별별 생각이 다 들었다. 이모부가 호텔에 빈방이 있다고 했고, 채강이네 엄마는 이나 혼자 호텔방에 둘 수 없다며 같이 집으로 가자고 했다. 채강이네를 불편하게 만들고 싶지 않아 이나는 호텔에 가는 게 낫겠다고 속으로 생각하는데, 채강이네 엄마가 이나 어깨를 잡았다.

"밤에 열나면 어떡해요. 제가 책임지고 살필게요."

결국 채강이네 엄마가 승. 그렇게 이나는 채강이네를 따라왔다.

"참, 아줌마라고 하지 말고 미세스 조라고 불러. 알았지?"

이나는 알겠다고 고개를 끄덕였다.

채강이가 방으로 들어와 침대 위 이불을 정리해 줬다.

"언니, 좀 자."

채강이가 방에서 나가고 이나는 침대에 누웠다. 약 기운 때문인지 몽롱하다. 아직 낮인데, 지금 자면 이따 밤에 못 잘 텐데. 이나는 그렇게 생각하면서 잠이 들었다.

역시 잠이 오지 않는다. 채강이네 집에 오자마자 이나는 4시간을 연달아 잤다. 일어나 보니 저녁 8시가 조금 넘었다. 저녁 식사로 미세스 조가 '카오 소이'를 사다 주었다. 튀긴 국수 위에 진한 코코넛 밀크와 카레를 끓인 국물을 부은 음식인데, 한국에서 먹던 카레와는 달랐다. 뜨거운 국물을 마시고 나니 감기가 다 낫는 것 같았다.

이나는 침대에 눕지 않고 기대어 앉았다. 채강이가 거실에서 같이 TV를 보자고 했지만 채강이네 가족에게 감기를 옮길 수 있어서 방에서 쉬겠다고 했다. TV를 껐는지 거실이 조용했다. 채강이와 미세스 조가 화장실에 들어갔다 나왔다 하는 소리가 들렸고, 어느새 집 안이 조용해졌다. 거실 냉장고가 돌아가는 소리만 들린다.

이나는 미세스 조가 준 체온계로 온도를 쟀다. 36.8도. 아까 38도 넘게 열이 났는데 다행히 떨어졌다. 조금 기운이 없긴 하지만 아까처럼 어지럽지 않았다. 아무것도 없는 방에 홀로 있으려니 이나는 기분이 이상했다. 독방에 갇힌 기분도 들고 여행 온 것 같기도 했다. 아, 여기 여행 온 거 맞지. 처음 치앙마이에 도착했을 때만 하더라도 낯선 것들이 가득했는데, 이모 집과 화실, 치앙마이의 거리와 상점이 익숙해지면서 일상이 되어 버렸다. 그래도 한국에 있었다면 오늘 같은 일이 벌어지지 않았을 거다. 오늘은 예상치 못한 일의 연속이다. 길을 잃고 채강이네 집까지 오게 되다니. 이나는 새롭게 여행을 온 기분이 들었다.

이나는 자기 전에 화장실에 가려고 문을 열고 나왔다. 화장실에서 나오는데 거실에서 이상한 소리가 났다. 불이 꺼져 어두운데 거실 탁자에 커다란 그림자가 있다. 누구지?

이나는 거실로 걸어갔다. 채강이가 불도 켜지 않고 앉아 있었다.

"채강아, 안 자고 뭐 해?"

"다 같이 있어. 나 빼고 다 같이 있어."

채강이가 왜 이러고 있는 거지? 몽유병이라도 있는 걸까?

"톡을 지웠다가 다시 깔았거든. 핸드폰 번호는 싹 다 지웠는데 걔네가 아직 친구로 등록되어 있어. 그런데 네 명 프로필 사진이 다 똑같아. 서로 끌어안고 웃고 있어. 나만 없어."

채강이는 흐느끼며 말했다. 채강이는 두서없이 이 말 저 말을 했다. 이나는 채강이가 무슨 말을 하는지 이해가 되지 않았지만 가만히 채강이 옆에 앉았다. 전등을 켜지 않았지만 달빛이 들어와 완전히 어둡지는 않았다.

채강이는 여기 오기 전에 학교에서 있었던 일을 들려주었다.

초등학교 3학년 때부터 친하게 지내던 아이들과 5학년이 되면서 같은 반이 되었다. 다섯 명이 다 같은 반이 된 건 처음이었다. 다섯 명 중 한 명인 솔지가 반장이었고, 다들 친구니까 솔지가 할 일을 나머지도 함께 도왔다. 다른 사람 일에 관심 많고, 오지랖도 넓은 채강이는 반장 일을 대신하는 걸 좋아했다. 그런데 옆 반 선생님과 아이들까지 반장을 솔지가 아닌 채강이로 착각했다.

"처음부터 나를 대놓고 따돌렸던 건 아니었어. 나 빼고 네 명만 톡을 주고받더라고. 내가 말할 땐 다들 듣는 둥 마는 둥 하고, 학교 끝나면 개네 네 명만 만나서 놀더라고. 나는 아무렇지 않은 척했어. 괜찮아지겠지 싶었는데, 다섯 명이 있는 채팅방에서 눈치 없는 사람 싫다며 자기들끼리 이야기하는 거야. 막 죽이고 싶다고."

이나는 그 아이들이 누굴 향해 그 말을 했는지 알았다.

"차라리 내가 그 무리에서 나왔어야 했는데 그러지 못했어. 그 랬더니 대놓고 나를 괴롭혔어. 개네는 나를 재비라고 불렀어. 내가 교실로 들어오면 재비 들어온다, 라고 말하고 내 가방을 보고 재비 가방이라고 말했어. 내 책이랑 노트를 가져가서 재비라고 써 놓기도 했어.”

“재비가 뭐야?”

“재수 없는 비호감.”

이나의 물음에 채강이가 윗니로 아랫입술을 깨물며 나직하게 대답했다. 이나는 인상을 쓰며 저도 모르게 “어휴” 하고 말을 내뱉었다.

“톡이나 SNS에서 내 욕을 했어. 학교에 가서 걔네만 보면 숨이 막혔어. 너무 힘들어서 엄마한테 말했어. 엄마가 걔네 엄마들이랑 가깝게 지냈거든. 아줌마들이 친구끼리 놀다 보면 그럴 수 있다고 했나 봐. 내가 너무 튀니까 어쩔 수 없었다고. 그런데 학폭이 열리게 됐어.”

학폭이 진행되는 동안 채강이는 피해자에서 가해자가 되었다. 아이들은 채강이가 작년에 메신저에서 했던 말을 캡처해서 문제 삼았다.

‘아, 바보’ ‘멍청’ ‘죽어 ㅋㅋㅋㅋ’.

“엄마가 그러더라고. 이혼소송보다 더하다고. 아빠랑 소송했을 때도 이 정도는 아니었대.”

서로 반성문을 쓰는 것으로 결론이 났다. 달라진 건 아무것도 없었다. 오히려 더 나빠졌다. 걔네는 네 명이 똘똘 뭉쳤고 채강이는 여전히 혼자였다. 채강이는 학교에 가기 싫었다. 더 이상 아무렇지 않은 척하고 싶지 않았다. 전학 가는 것도 싫었다. 그렇게 방학을 한 달 앞두고 체험 신청을 하여 치앙마이에 오게 되었다.

"되도록 생각 안 하려고 하는데, 생각이 나면 미치겠어. 막 가슴속이 부글부글 끓어. 그러면 자다가도 벌떡벌떡 일어나."

채강이가 흥분해 제대로 숨을 쉬지 못하자 이나가 물을 가져다주었다. 채강이는 물을 조금씩 마셨다.

"채강아."

이나는 조용히 채강이를 불렀다. 물을 마시던 채강이가 이나를 바라보았다.

"네 잘못이 아니야. 그 애들이 나빴을 뿐이야."

이나의 말을 듣고 채강이는 아무 말도 않고 두 눈을 깜박였다.

"거기까지만. 채강아, 거기까지만 생각해. 이미 일어난 일을 두고 계속 생각한다고 해도 달라질 게 없잖아. 아, 그때 그런 일이 있었지, 하고 남 일처럼 생각해 버려."

이나는 상담 선생님에게 들었던 이야기를 조금 바꿔서 채강이에게 해 주었다.

"근데 나도 말은 쉽게 하는데, 그게 잘 안 돼."

"언니는 무슨 일이 있었는데?"

채강이의 물음에 이나는 입을 달싹거릴 뿐 쉽게 말을 잇지 못했다. 투투를 함께 키우던 가족도 이나를 이해하지 못했다.

"키우던 거북이가 있었는데, 내가 잘 돌보지 못했어. 내가 잘 돌봤다면 죽지 않았을 거야. 너무 미안해. 내가 바보 같고."

이나는 마음속에 있는 이야기를 꺼냈다.

"속상했겠다, 언니."

이나는 가만히 채강이를 바라보았고 천천히 고개를 끄덕였다. 딱 그 마음이었다.

"거북이 이름이 뭐였어?"

"투투."

"투투를 위해 기도할게. 내가 교회는 안 다니는데, 우리 할머니 때문에 하나님은 믿거든."

채강이는 두 손을 모으더니 눈을 꼭 감았다. 이나도 채강이가 하는 대로 따라 했다.

"하나님, 이나 언니의 친구였던 투투가 하늘에서 편안하게 지내게 해 주세요. 그리고 이나 언니도 더 이상 마음 아프지 않고 잘 지내도록 도와주세요. 아멘."

이나도 채강이를 따라 "아멘" 하고 말했다. 공기는 습하지만 적당히 따뜻했고, 달빛은 아주 밝았다.

나의 마음은

지금 난 네가 추천해 준 〈빈센트〉 노래를 듣고 있어. 이 노래는 밤과 정말 잘 어울리는 것 같아. 반짝이는 별이 나에게 쏟아지는 것 같아. 반 고흐 박물관에 다녀왔다니, 정말 좋았겠다. 나도 언젠가 반 고흐의 그림을 직접 보고 싶어.

며칠 전에 비를 쫄딱 맞아서 감기에 걸렸어. 이모랑 우주 때문에 집으로 오는 게 마음에 걸렸는데, 다행히 채강이네 집으로 갈 수 있었어. 채강이는 화실에서 만난 한국에서 온 5학년 여자아이야.

채강이는 엄청 자신감 넘치고 밝아. 처음에는 나랑 반대라서 좀 불편했는데, 같이 있다 보니까 그런 채강이가 부럽더라고. 스스럼없이 날 대해 주는 게 고맙기도 하고. 그런데 채강이가 여기 오기 전에 학교에서 친구들과 문제가 있었나 봐. 학폭까지 열렸대. 그 일을 이야기하면서 채강이가 하염없이 울더라. 얼마나 답답하고 힘들었을까. 채강이가 말하기 전에는 채강이한테 그런 일이 있었을 거라고 전혀 생각하지 못했어. 어쩌면 사람이 저렇게 밝을 수 있을까 신기하기까지 했거든.

사람은 겉만 보고는 알 수 없는 것 같아. 그런데 채강이도 나한테 그런 말을 했어. 내가 너무 평온해 보여서 부럽대. 말도 천천히 하고, 안정적으로 보인대. 사실 난 아닌데 말이야. 겉으로 티를 내지 않는 것뿐인데. 어떤 게 나의 진짜 모습일까? 나만 알고 있는 속 모습? 아니면 남들이 보는 겉모습? 모르겠다, 정말. 겉도 나의 일부니까. 한 가지 면만 있는 사람은 없겠지. 다들 다양한 모습을 가지고 있을 거야.

여기엔 나를 아는 사람들이 많지 않아서 좋아. 가끔 학교에 있으면 숨이 막혔어. 똑같은 교복을 입은 아이들이 한곳에 모여 있으니까. 친구들이 싫다는 건 아니고, 그냥 그래. 나만 별로인 것 같다는 생각도 들고 말이야. 같이 있다 보면 나도 모르게 비교하게 되니까…….

아, 나도 지금 내가 무슨 말을 하는 건지 모르겠어. 이 말은 너한테 처음 해. 다른 사람들에게 한 적이 없어. 그럼 나를 이상하게 볼 거 같거든. 다른 사람은 나한테 별로 신경 안 쓰려나?

나는 나를 조금 더 많이 좋아하고 싶어. 다른 사람 신경 덜 쓰고, 나에게만 집중하고 싶어. 내가 나를 좋아하는 건 정말 어려운 일 같아.

방금 막 〈빈센트〉 노래가 끝나서 피아노 연주곡으로 바꾸었어. 인터넷에 〈빈센트〉 악보가 있어. 너한테 보내 줄게. 이 노래를 좋아하면 피아노로 연주해 봐도 좋을 거 같아. 너 피아노 잘 치잖아. 나랑 같이 배우기 시작했는데 너는 진도가 참 빨랐어. 내가 겨우 체르니 100번을 치는데, 너는 체르니 40번을 뗐잖아. 네가 커서 나중에 피아니스트 된다고 했잖아. 그런데 갑자기 피아노 학원을 그만두겠다고 해서 좀 놀랐어.

내일은 화실에 다시 나가려고.

빈센트 음악, 정말 묘하다. 오늘따라 내가 무슨 말을 하는 건가 싶네. 집으로 돌아와서 계속 잠만 잤더니 잠에 취해 있는 것 같아.

그래도 지금 기분이 나쁘지 않아. 아니, 조금 좋아. 나도 모르게 계속 이 노래를 따라 부르고 있어.

한국에 돌아갈 날도 이제 일주일밖에 남지 않았어.

그럼 한국에서 만나.

"오, 이제 잘 타네!"

빈센트가 박수를 치며 말했다. 이제 주나는 자전거 중심도 잘 잡고, 넘어지지도 않는다. 이렇게까지 타기 위해 주나가 얼마나 열심히 연습했는지 모른다. 빈센트에게 배우는 시간 말고도 혼자 공터로 나와 연습하고 또 연습했다. 빈센트를 실망시키고 싶지 않았다. 주나는 빈센트에게 자전거도 못 타는 의지 없는 사람으로 기억되고 싶지 않았다.

"그만 타. 완벽해."

어, 이게 아닌데. 벌써 이렇게 끝나면 안 되는데. 빈센트는 바닥에 내려놓았던 가방을 들었다. 설마, 벌써 집에 가려는 거야? 이건 주나의 계산에 없던 일이다. 이러려고 자전거 연습을 한 게 아닌데.

"나 더 안 배워도 돼? 아직 코너 돌 때 조금 어려운데."

주나는 자전거 핸들을 이리저리 돌리며 말했다.

"잘해."

주나가 자전거 타던 것을 멈췄다. 빈센트는 더 이상 가르쳐 줄 것이 없다고 했다. 주나는 잠시 고민이 되었다. 이대로 빈센트와 헤어질 수 없었다.

"정말 나 잘했어?"

"응. 정말 잘해."

빈센트가 고개를 끄덕이며 대답했다.

"빈센트, 그럼 나 상 줘."

"상?"

"나 숙제 좀 도와 줘. 베를린 장벽에 가야 해. 역사 유적에 가서 사진 찍고 감상문 남겨야 하거든. 베를린에 와서 아직 거기를 못 가 본 거 있지."

주나는 활짝 웃으며 말했다. 어쩜 이렇게 깜찍한 생각이 떠올랐을까 뿌듯했다. 방학 숙제 같은 건 없다. 그리고 아빠가 베를린 장벽에 가 보자고 했지만, 주나는 별로 관심이 없어 싫다고 했다.

"같이 가 줄 수 있어?"

"알았어. 오늘 시간 돼."

빈센트는 자전거를 학교에 두고 가기로 했다. 주나는 신이 나서 빈센트 옆을 바짝 붙어 걸었다.

"주나, 지난번 왜 갔어?"

"아."

엊그제 연극 연습이 끝나고 다 같이 저녁을 먹으러 간다고 해서 주나도 같이 가기로 했다. 몇 번 만나서 연습을 해서 그런지 주나도 한국학과 학생들과 친해졌다. 연습이 끝나고 정리하고 있는데, 지수가 빈센트의 어깨에 팔을 두르고 있었다. 전에도 몇 번 그런 적이 있긴 했지만 그날따라 조금 더 오래, 조금 더 가까이 둘은 붙어 있었다. 뭐지? 설마 둘이 사귀는 걸까? 서로 얼굴을 가까이 대고 이야기도 주고받았다. 지수와 빈센트가 웃었고 순간 주나는 온몸의 기운이 쫙 빠졌다.

"나 가야 할 것 같아."

빈센트가 무슨 일이냐고 물었지만 주나는 가 봐야 한다고만 대답했다. 주나는 도망치듯 한국학과 건물에서 빠져나왔다. 지하철을 기다리고 있는데 그냥 눈물이 주르륵 흘렀다. 빈센트와 지수가 그런 사이였다니, 그걸 몰랐다니. 주나는 자신이 너무 바보 같았다. 집으로 돌아온 후에도 계속 빈센트와 지수의 모습이 떠올랐다. 지수와 함께 웃고 있는 빈센트. 둘은 주나가 모르는 독일어로 대화를 주고받았다. 둘이 그런 사이인 걸 왜 몰랐을까. 더 슬픈 건, 그럼에도 빈센트가 계속 좋다는 사실이었다.

집으로 돌아와 빈센트 SNS에 들어갔다. 지수가 연결되어 있기에 자연스레 그 계정으로 들어갔다. 어? 이게 뭐지? 지수 SNS에 올라온 사진에 빈센트는 없었다. 지수와 자주 단둘이 사진을 찍은 남자는 따로 있었다. 아무리 봐도 빨간 머리의 남자가 지수의 남친 같았다! 주나는 궁금증을 못 참고 빈센트에게 전화를 걸었다.

"빨간 머리가 지수 남친이야?"

빈센트는 그렇다고 대답했다. 빈센트가 왜 갑자기 그걸 묻느냐고 했고, SNS를 보다가 그냥 궁금해서 연락했다고 했다. 사소한 것도 많이 물어보는 주나이기에 빈센트는 이상하게 여기지 않았다.

"저기, 빈센트."

빈센트가 전화를 끊으려고 해서 주나는 다급하게 빈센트를 불렀다.

"왜?"

"빈센트는 여친 있어? SNS에 안 보이기에."

주나는 지나가듯 묻는 것처럼 담담하게 말했다.

"없어."

주나는 활짝 웃으며 전화를 끊었다. 그날, 주나는 지옥과 천국을 왔다 갔다 했다. 주나는 스스로가 너무 웃겼다. 울다가 웃다니. 누군가를 좋아하는 일은 참 이상한 일이다. 좋아하는 마음이 커

질수록 나는 작아진다. 그건 좋아하는 상대가 나의 세계에서 더 커지기 때문이다. 그래도 주나는 자신을 좋아해 주는 사람보다 주나가 좋아하는 사람이 더 좋다.

지하철에서 내려 노란색 트램을 탔다. 트램을 타고 몇 정거장 가지 않았는데 빈센트가 내려야 한다고 알려 주었다. 빈센트를 따라 걷고 있는데 뭔가 이상했다. 길이 낯설지 않았다.

"여기 혹시 마우어파크야?"

"어, 맞아."

지난번에 아빠와 여기에 있는 벼룩시장에 왔다. 그때는 트램을 타지 않고 지하철만 타고 와서 한참을 걸었다. 벼룩시장은 일요일에만 열리는데, 진짜 벼룩시장이었다. 별거 별거를 다 팔았다. 자기가 입던 옷, 장신구만 파는 게 아니라 100년도 더 된 여행 가방이나 쓴 엽서를 모아서 팔았다. 새 엽서가 아니라 내용이 전부 적혀 있어서 도대체 누가 사 가기는 할지 궁금했다. 벼룩시장이 너무 넓고 사람이 많아 정신이 없었다. 주나와 아빠는 커리부스트랑 오렌지주스만 사 먹고 돌아왔다.

"마우어파크 안에 베를린 장벽이 남아 있어."

주나는 멈춰 서서 마우어파크를 죽 둘러보았다. 벼룩시장이 열렸던 곳과 같은 곳이 맞나 싶다. 너른 잔디만 있고, 아무것도 없으니 분위기가 많이 다르다. 여전히 넓긴 하지만 벼룩시장이 열렸을 때보단 작아 보인다.

조금 더 걸었더니 베를린 장벽이 나왔다. 일부의 장벽이 남아 있고 원래 장벽이 세워져 있던 자리를 따라 쇠기둥이 죽 세워져 있다. 그런데 장벽의 높이는 생각보다 높지 않다. 3~4미터 정도 될까. 주나는 그래피티가 그려진 장벽을 손으로 문질렀다.

"그러니까 이걸 기준으로 동쪽이랑 서쪽으로 나뉘었다는 거지."

주나는 장벽을 앞뒤로 오갔다. 이렇게 가까운 곳을 가지 못하도록 막아 두었다니.

"장벽 하나 아니야. 장벽 하나 있고 1킬로미터 떨어진 곳에 또 장벽 있었어."

빈센트가 베를린 장벽에 대해 차근차근 설명해 주었다.

"그런데 베를린은 독일 지도에서 보면 동쪽이잖아. 왜 여기에 장벽이 있는 거야?"

주나는 잘 이해가 가지 않았다. 한국이 남한과 북한으로 반씩 나뉜 것처럼 베를린도 동쪽과 서쪽으로 나뉘었는데, 베를린은 동독 안에 있다. 왜 동독 안에서 반으로 또 나뉜 거지.

"아, 그건 베를린 수도라서 그래. 그래서 동독 안 베를린이 서 베를린, 동 베를린으로 나뉜 거야. 이렇게 장벽도 생기고."

빈센트가 가방에서 노트를 꺼내 독일 지도를 그리면서 알려 주었다. 그러니까 이해가 쏙쏙 갔다. 빈센트는 독일의 역사에 대해 어렵지 않게 잘 설명해 주었다. 주나는 베를린에 오기 전에 인터넷으로 정보를 찾아보긴 했지만, 그때는 잘 이해가 가지 않았다.

하지만 빈센트에게 듣고 있으니 역사가 상상이 되었다. 주나는 역사 과목을 별로 좋아하지 않는다. 사극도 잘 보지 않는다. 이미 지나간 일이라고 생각해서다. 시험을 보기 위해 3·1운동이라든지 6·25전쟁이라든지에 대해 공부하고 외웠다. 단지 그뿐이다. 그런데 문득 우리나라 역사가 궁금해졌다. 38선이나 판문점을 교과서에서만 배웠지 실제 어떤 모습인지는 몰랐다.

"주나, 브란덴부르크는 가 봤지?"

"응. 멋있더라."

"거기도 베를린 장벽 있어. 그 중간 있는 검문소 중에 하나야."

주나가 베를린에 도착해서 아빠와 가장 먼저 가 본 곳이 브란덴부르크다. 그곳이 베를린의 중심이라고 해서다. 신전에 나오는 기둥이 높게 세워진 문인데 그런 의미가 있는 줄 몰랐다.

"맞다. 거기 갔을 때 홀로코스트 기념비도 갔어."

브란덴부르크 근처에 낮은 비석들이 죽 늘어선 장소가 있었다. 축구장 두 개 크기 공간에 2000개가 넘는 비석이 있는 것을 보고 주나는 적잖이 놀랐다. 도심 한복판에 자기들의 잘못을 알리는 공간을 설치했다니. 홀로코스트는 2차 세계대전 중 나치 독일이 유대인 대학살을 저지른 것을 말한다. 이상하게 그곳은 여름임에도 불구하고 춥고 또 추웠다. 1층 기념관에는 나치를 피해 숨어 있던, 주나보다 더 어린 아이가 쓴 편지와 일기도 있었다.

"독일 사람들 대단한 것 같아. 과거의 잘못을 계속 뉘우치잖아."

"당연해. 우리 잘못 많이 했어. 우리 절대 잊으면 안 돼. 앞으로도 계속 반성해야 해."

"가해자가 그러는 거 쉽지 않잖아."

"숨기는 거 안 돼. 역사 위에 우리 서 있어. 숨긴다고 숨길 수 있지 않아."

역사는 이미 지난 과거가 아니라 그 시간들이 현재 차곡차곡 쌓여 있다고 생각하니 주나는 뭔가 좀 뭉클했다. 주나의 삶이 좀 특별해지는 기분도 들었다. 주나의 이번 여름방학도 그렇겠지? 한국에 돌아가서 언젠가 주나는 베를린을 잊을지도 모른다. 그래도 지금의 경험이 주나의 삶 속에 쌓여 있겠지. 주나는 그 시간 위에서 또 살아갈 거다.

"빈센트, 고마워. 오늘 여기 오길 잘한 것 같아."

주나는 천천히 베를린 장벽을 더 둘러보았다. 언젠가 주나도 한국에서 장벽을 자유롭게 넘나들 수 있는 날이 오겠지. 지금 빈센트는 북한에 가서 평양냉면을 먹을 수 있지만, 주나는 진짜 평양냉면을 먹지 못한다. 냉면을 좋아하는 주나에게는 좀 많이 억울한 일이다.

"빈센트, 냉면 알아?"

"아니. 냉면?"

빈센트는 한국 라면은 먹어 봤지만 냉면은 먹어 본 적이 없다고 했다.

"음. 한국에서 유명한 음식이야. 면이 엄청 얇고 길어. 국물은 심심해. 근데 맛있어."

주나는 빈센트에게 냉면에 대해 설명했다. 보지도 먹어 보지도 못한 사람에게 이야기하고 있으니 마치 스무고개를 하는 것 같았다. 빈센트는 도저히 상상이 가지 않는다고 했다.

"한국에서는 갈비나 삼겹살 먹고 난 후에 후식으로 먹기도 해."

"삼겹살 알아. 여기도 있어. 한국 삼겹살 팔아."

빈센트는 한국 식당에서 맛있게 먹었다고 했다. 주나는 빈센트에게 다양한 한국 음식에 대해 알려 주었다. 빈센트에게 설명하고 있으니 떡볶이도 순대도 부침개도 다 달콤하게 느껴졌다.

주나는 빈센트와 함께 천천히 걸었다. 주나 옆에 빈센트가 있다. 주나는 가슴이 두근두근 뛰었다. 주나 눈에는 빈센트만 보인다. 그런데 주나의 시야뿐만 아니라, 주나 마음에도 빈센트로 가득 찼다. 더 이상 서준이의 자리는 없었다. 예전에는 그렇게 밀어내려고 해도 서준이가 나가지 않았는데, 어느새 서준이는 사라져 버렸다. 서준이에 대한 마음은 어디로 간 걸까. 그렇다고 서준이를 좋아하지 않았던 건 아닌데. 예전에 서준이를 좋아했던 것도 주나였고 지금 빈센트를 좋아하는 것도 주나다. 훗날 주나는 빈센트가 아닌 또 다른 누군가를 좋아할지도 모른다. 모두가 다 주나의 마음이고 모두가 다 주나다. 주나는 고개를 돌려 빈센트를 슬쩍슬쩍 바라보았다. 그리고 사진을 찍듯 눈을 깜박였다. 빈센트를, 지금 이 순간을, 주나는 간직하고 싶었다.

주나는 빈센트와 함께 저녁 식사를 할 수 있어서 좋았다. 물론 단둘이었다면 더 좋았겠지만.

"빈센트, 많이 먹어."

아빠가 학센이 담긴 접시를 가리키며 말했다.

베를린 장벽을 둘러보고 나서 빈센트에게 같이 저녁을 먹자고 할까 말까 고민하고 있는데 아빠에게 연락이 왔다. 주나가 빈센트와 함께 있다고 하니 아빠는 빈센트를 좀 바꿔 달라고 했다. 주나가 하지 못한 말을 아빠가 대신해 주었다.

"이거 엄청 맛있다, 그치?"

"응."

학센은 독일식 튀긴 족발이다. 한국에서 먹던 삶은 족발이랑은 다르다. 기름에 튀겨 겉은 바삭하면서 고소하고 속은 촉촉하다.

"빈센트, 한 잔 더 마실래?"

아빠와 빈센트는 맥주가 맛있다며 한 잔씩 더 주문했다. 아빠는 술을 별로 좋아하지 않는데 여기 와서 외식할 때면 맥주를 꼭 마신다. 독일은 맥주가 맛있기로 유명하다. 또 한국처럼 식당에서 물을 공짜로 주지 않기 때문에 아빠는 물값과 비슷한 가격의 맥주를 마신다. 주나도 물을 돈 주고 사 먹는 건 익숙하지 않아서 탄산수를 주문한다.

아빠와 빈센트가 맥주잔을 부딪치며 건배했다. 이럴 땐 주나도 빨리 어른이 되고 싶다. 혼자 탄산수를 마시고 있으니, 홀로 다른 세계에 있는 것 같았다.

"빈센트, 우리 일 잘 도와줘서 정말 고마워. 주나도 잘 챙겨 주고. 요 꼬맹이 때문에 귀찮았지?"

주나는 아빠를 노려보았다. 꼬맹이라니.

"아니에요. 주나 덕분에 학교 행사 준비 잘해요. 도움 많아요."

빈센트의 말에 주나는 기분이 좀 풀렸다.

"한국 오면 꼭 연락해. 여기에서 진 신세 꼭 갚을게."

"네."

"내년에 오는 거지?"

"아마 그럴 거 같아요."

주나는 귀를 쫑긋했다. 빈센트가 내년에 한국에 온다고? 이게 무슨 소리지?

"빈센트, 내년에 한국 와?"

"교환학생 신청하려고."

"와, 진짜?"

주나는 잔뜩 들떠서 빈센트의 계획에 대해 물었다. 한국에 돌아가면 빈센트와 헤어지게 되어서 속상했는데 내년에 다시 만날 수 있다니! 게다가 교환학생이면 적어도 6개월은 있을 거다. 빈센트도 놀이공원을 좋아할까? 함께 영화관도 갈 수 있겠지?

"아빠, 나도 탄산수 한 잔 더 마셔도 돼?"

"그럼."

"고마워."

주문한 음료가 새로 나왔다. 주나는 꼴깍꼴깍 탄산수를 마셨다. 기포 때문에 목이 따끔따끔하지만 괜찮다. 오늘은 정말이지 아름다운 밤이다.

빈센트와 헤어지고 아빠와 함께 버스를 탔다. 식당에서 집까지 한 번에 가는 버스가 있다고 빈센트가 알려 주었다.

"아빠, 너무 많이 마신 거 아니야? 얼굴 빨개."

아빠는 맥주를 세 잔이나 마셨다. 엄마는 술을 잘 마시지만 아빠는 맥주 한 캔만 먹어도 얼굴이 빨갛게 변한다. 여기 와서 맥주를 마실 때마다 아빠는 "엄마가 같이 왔어야 하는데. 엄마 정말 좋아했을 텐데"라고 말했다.

"아빠, 나 한국 가면 독일어 공부하려고. 영어랑 비슷하긴 한데 다르니까. 트트, 발음하는 게 멋진 것도 같아."

주나는 이제 겨우 독일어 단어 몇 개를 익혔다. 새로운 한국 단어를 배울 때마다 신기해하는 빈센트를 보며, 주나도 독일 단어가 궁금했다. 빈센트는 한국말에만 있는 특징이 있다고 했다. 독일 말에도 그런 게 있을 거다. 무엇보다 주나는 빈센트가 모국어로 쓰는 말이 궁금해졌다. 아니, 빈센트에 관한 모든 것이 궁금해졌다. 빈센트가 듣는 음악, 빈센트가 좋아하는 음식, 빈센트의 어린 시절, 빈센트가 수업 듣는 모습 등등. 빈센트는 혼자 있을 때 뭘 할까? 빈센트는 무슨 고민을 할까? 빈센트에게 물어보고 싶은 게 아주 많다. 독일어를 배워서 다음에 만날 때는 독일 말로 물어야지. 내년에 빈센트가 한국에 오면 독일어로 인사를 할 거야. 그러면 빈센트가 깜짝 놀라겠지? 그날을 상상하니 주나는 배시시 웃음이 나왔다.

"너, 빈센트 좋아하지?"

아빠의 갑작스러운 질문에 주나가 당황했다. 뭐지, 점쟁이도 아니고.

"어떻게 알았어?"

"딱 보면 알지."

아빠는 긴가민가했는데 오늘 같이 밥을 먹으면서 확실히 알았다고 했다.

"역시 사랑과 재채기는 숨길 수 없다는 말이 맞군."

"무슨. 넌 다 티가 나잖아."

아빠가 그렇게 말하니 주나는 할 말이 없었다. 어렸을 때부터 그랬다. 주나는 감정을 잘 숨기지 못한다. 싫은 건 싫고 좋은 건 좋다. 표정이나 행동에서 다 드러난다. 솔직하다며 칭찬을 하는 사람도 있지만 어린아이 같다고 뭐라고 하는 사람도 있다. 반면에 이나는 차분하고 안정적이라는 칭찬을 듣는다.

"아빠, 언니랑 나는 왜 다를까?"

"당연히 다르지. 너희 둘은 같은 사람이 아니잖아."

"그래도 자매잖아. 언니랑 나는 얼굴도 안 닮고 성격도 안 닮았어. 좋아하는 음악도 영화 장르도 전부 달라."

이나와 멀어지고 주나는 그 이유가 둘이 닮은 게 없어서 그런 게 아닐까 자주 생각했다. 싸우거나 특별한 사건이 있었던 것도 아닌데, 언젠가부터 이나는 주나를 차갑게 대했다.

"가족이라고 꼭 같아야 해? 나도 엄마랑 안 닮았어."

"아빠는 엄마랑 피가 안 섞였잖아."

"에이, 그게 뭐가 중요해. 닮아서 가족이 아니야. 가족은 시간과 추억을 공유하는 사이라고. 근데 니들 알았다며? 엄마랑 나 이혼할 뻔했던 거."

아빠는 그 말을 하더니 꾸벅꾸벅 졸기 시작했다. 엄마가 아빠한테 다 이야기했나 보다. 다 지나간 일이기에 아빠도, 엄마도, 언니도, 주나도 아무렇지 않게 그 일을 꺼냈다. 그렇다고 지나가면 별일이 아니라고 할 수는 없다. 지나가기 전에는 너무나 별일이니까.

주나는 창밖으로 지나가는 차들을 바라보며 조용히 생각했다. 언니는 지금 무얼 하고 있을까. 주나는 되도록 한 가지 일에 깊게 신경 쓰지 않는다. 그래서 아니다 싶으면 그만두고 오래 생각하지 않는다. 마음에 많은 걸 담아 두면 심장에 또다시 구멍이 날지도 모른다. 말도 안 되는 생각이지만 주나가 자신을 보호하는 방법이었다. 그런데 언니 일만큼은 그렇게 되지 않는다. 자꾸 신경 쓰이고 걱정된다.

집 근처 공원을 지났다.

"아빠! 일어나!"

주나는 내려야 한다며 아빠를 흔들어 깨웠다.

모두 디디

언니, 몸은 좀 괜찮아졌어? 이제 이모 집으로 들어갔겠지?

〈빈센트〉악보 잘 받았어. 한국에 가면 피아노로 연주해 봐야겠어. 아까 혼자 책상을 피아노 건반으로 상상하고 조금 연주했어.

근데 언니, 사실 내가 피아노 학원 그만둔 이유가 있어. 박세연이라고 혹시 기억나? 나랑 초등학교 4학년 때 같은 반이었던 애 말이야. 언니랑 같은 도서부라서 친했잖아. 걔가 나 따돌렸어. 대놓고 왕따시켰던 건 아니고, 은근히 따돌렸다고나 할까. 그 애는 나를 별로 좋아하지 않았어. 학기 초에는 박세연 무리에 나도 있었어. 그런데 언젠가부터 내가 무슨 말을 하면 '뭐래' 하는 표정을 짓거나, 내 이야기에는 동의하지 않고 웃어 주지도 않았어. 박세연이 그러니까 다른 아이들도 따라 하더라고. 자연스럽게 나 혼자 빠져나오게 됐어. 남은 1학기는 거의 혼자 지냈던 거 같아. 여름방학 때, 박세연이 우리가 다니는 피아노 학원으로 옮겨 왔잖아. 동시에 수업을 듣진 않으니까 최대한 무시하면 된다고 생각했어. 그런데 걔가 언니랑 친하게 인사하고 대화하는 걸 보니까 싫더라고. 걔가 언니랑 같은 동아리인 줄 몰랐어. 어쨌거나 언니가 내 언니인 걸 알면, 좀 미안해하거나 그래야 하는 거 아냐? 그런데 오히려 나보란 듯이 더 언니 앞에서 친한 척을 하더라. "이나 언니, 이나 언니~" 하면서 말이야. 그래서 피아노 학원 그만뒀어. 피아노에 싫증이 나기도 했고 말이야.

나는 4학년 때가 참 싫어. 그때 기억은 별로 하고 싶지 않아. 그때 엄마, 아빠한테도 언니한테도 말하지 못했어. 자존심도 상했고 내가 왕따당한다는 걸 인정하고 싶지 않았어. 그때 엄마, 아빠 사이가 안 좋기도 해서 나까지 보탤 수도 없었고. 뭐, 그 덕분에 그때 공부는 엄청 열심히 했던 것 같아. 나를 지키기 위해서 말이야. 나는 '왕따를 당해서 너희랑 놀지 않는 게 아니라 공부하느라 바빠서 혼자 있는 거야!'라고 보여 주고 싶었나 봐.

그래도 지금은 내가 조금 나아졌나 봐. 이렇게 언니한테 그때 일을 털어놓을 수 있는 거 보면 말이야. 물론 아무렇지 않지는 않아. 아직도 박세연이 싫고, 그때 생각하면 나도 모르게 인상이 써져. 그래도 내가 그 덕분에 깨달은 건 '영원한 건 없다'는 거야. 그때 나는 두려웠어. 지금처럼 계속 친구 없이 지내면 어쩌나 싶어서 말이야. 이대로 영원히 친구를 사귀지 못할까 봐 걱정했어. 5학년이 되면서 박세연이랑은 제발 같은 반이 되지 않게 해 달라고 얼마나 기도했는지 몰라. 내가 살면서 그렇게 기도 를 많이 했던 적은 없었어. 신이 내 기도를 들어주었는지, 다행히 5학년 때 다른 반이 되었어. 박세연이 사라지니 나빴던 게 모두 사라지더라고. 그러니까 채강이란 아이한테 쫄지 말라고, 겁먹지 말라고 전해 줘. 거지개떡 같은 친구들 말고 진짜 좋은 친구를 사귈 수 있을 테니까 말이야!

언니, 참 이상하지 뭐야. 이렇게 메일을 쓰고 있으면 꼭 언니 옆에서 대화를 나누는 기분이 들어. 언니가 내 옆에 앉아 있는 것 같아. 지금 나는 언니랑 가장 멀리 떨어져 있는데, 언니랑 가장 가까이 있는 것 같아. 한국에서는 언니가 너무 멀리 있었어. 손 내밀면 닿을 거리에 있었지만, 나는 손을 내밀 수가 없었어.

언니... 혹시 내가 뭐 잘못한 거 있어? 한국에 돌아가서 우리가 다시 예전처럼 지낼까 봐 겁이 나. 나는 언니한테 하고 싶은 말도 많고 언니 이야기도 듣고 싶은데 말이야. 나는 가족 하면 가장 먼저 떠오르는 사람이 엄마, 아빠가 아닌 언니란 말이야. 어렸을 때부터 언니랑 나, 둘만 있은 적이 많으니까 말이야. 언니가 있어서 좋았던 점이 참 많아. 언니가 항상 나보다 먼저 앞서서 경험하니까 나는 언니를 보고 배운 게 많아서 수월했어. 초등학교 입학할 때도 별로 걱정 안 됐고, 학교생활에서 어려운 점이 있으면 언니가 알려 줬잖아. 박세연이나 라임이 말고도 학교 다니면서 친구들이랑 싸우고 멀어졌던 일들이 종종 있었어. 그때 내가 버틸 수 있었던 건 언니 덕분이었던 것 같아. 친구 좀 없으면 어때? 나

한텐 언니가 있는걸, 하고 생각하면 마음이 조금 편해졌어.

언니, 혹시 내가 실수한 거 있으면 언니가 말해 주면 좋겠어.

벌써 밤 12시야. 이제 그만 자야겠어. 내일 오전에 마지막 연극 연습이 있어. 이번 주 토요일에 한국의 밤 행사를 하거든. 언니가 언제 이 메일을 읽을지 모르겠다. 하루의 시작이라면 좋은 하루 보내고, 밤이라면 좋은 밤 되길!

"나쁜 년."

메일을 읽으면서 이나는 자기도 모르게 욕을 했다. 세연이가 그랬을 줄은 꿈에도 몰랐다. 주나는 뭐든지 다 말한다고 여겼는데 전부는 아니었나 보다. 피아노 학원을 다닐 때, 주나는 세연이를 꼭 박세연이라고 불렀다. 주나는 친하지 않은 사람에겐 꼭 성을 붙였는데, 그땐 그냥 같은 반이긴 해도 친하지 않은 관계라고만 생각했지, 주나를 따돌렸을 줄이야. 올봄인가 우연히 도서관에 갔다가 세연이를 마주친 적이 있다. 그때도 세연이는 "언니!" 하고 부르면서 얼마나 이나를 반가워했는지 모른다. 다음에 다시 박세연을 만나면 절대로 알은척도 안 할 거다.

약속 시간이 되었다. 이나는 자고 있는 엄마를 깨워 "다녀올게" 하고 인사를 하고는 조심조심 집에서 나왔다.

빵빵하고 클랙슨 소리가 났다. 왼쪽으로 고개를 돌려 보니 주차장에 불이 켜진 자동차가 서 있다.

"언니, 여기."

채강이가 창문을 열고 얼굴을 내밀었다. 이나는 조르르 자동차가 있는 곳으로 달려갔다. 이나는 자동차 뒷좌석 문을 열고 차에 오르며 채강이와 미세스 조에게 인사했다.

이나는 오늘 채강이네 가족과 함께 코끼리 보호소에 가기로 했다. 미세스 조의 학원 친구들이 다녀왔는데 좋았다며 추천해 주었다고 한다. 미세스 조는 셋이 가면 더 재밌을 거라며 이나에게 함께 가자고 했다. 동물원처럼 구경하는 게 아니라 코끼리 목욕도 시켜 주고 돌보는 곳이다.

차를 타고 1시간쯤 달리니 비포장도로가 나왔다. 흙길이라 바닥이 울퉁불퉁하고 흙먼지가 폴폴 날렸다. 꼬불꼬불 산속으로 들어가고 또 들어갔다. 그렇게 흙길을 달린 지 10분 정도 지나자 보호소 간판이 보였다. 흙길부터는 주위에 아무것도 없어 과연 보호소가 나오나 싶었는데, 드디어 도착했다.

차에서 내려 입구로 갔다. 미세스 조가 예약했다고 말하니 명단을 확인한 후 주황색 옷 세 벌을 건네주었다. 탈의실로 가서 갈아입으라고 했다.

옷을 갈아입고 나오니 같은 옷을 입은 사람들이 많았다. 이나네 팀에는 네 명이 더 있다. 서양에서 온 가족이다. 아니다. 어쩌면 가족이 아닐 수도 있겠다. 다른 사람이 보면 이나와 채강이, 미세스 조도 가족처럼 보이겠지만 실은 아니니까.

코끼리를 만나려면 코끼리에 대해 알아야 하기 때문에 먼저 오리엔테이션에서 이것저것 알려 주었다. 가이드 옆에 바나나와 사탕수수가 담긴 바구니가 놓여 있었다. 오늘 코끼리에게 줄 먹이다.

가이드는 코끼리 언어도 따로 있다며 몇 가지 알려 주었다. '잘했다'는 '디디'이고, '멈춰'는 '하우'다. 이나는 소리 내어 코끼리 언어를 외웠다.

오리엔테이션이 끝나고 먹이 바구니를 하나씩 받았다. 이나는 바나나를, 채강이와 미세스 조는 사탕수수를 챙겼다.

가이드를 따라 안쪽으로 걸어가니 코끼리 두 마리가 보였다. 엄마 코끼리는 푸참, 아기 코끼리는 푸푸였다. 아기라고는 하지만, 이미 성장한 상태라 푸참과 푸푸의 덩치는 비슷하다. 이나는 우리에 갇힌 코끼리를 본 적은 많지만 이렇게 가까이에서 본 적은 없었다. 이나는 조심조심 코끼리에게 다가갔다. 먹이를 들고 있어서 그런지 푸푸와 푸참이 사람을 반겼다. 채강이가 먼저 사탕수수 하나를 꺼내 푸푸에게 건넸다. 푸푸는 코로 낚아채 입에 쏙 넣었다. 그러고는 더 달라며 코를 움직였다. 이번엔 이나가 바나나 하나를 들어 보여 주었다.

가이드가 푸푸를 쓰다듬어도 된다며 가까이 오라고 했다. 이나는 조금 겁이 났다. 미세스 조가 먼저 푸푸에게 다가가 푸푸의 머리와 귀를 쓰다듬었다. 이나와 채강이도 푸푸에게 다가갔다. 이나는 손을 들어 살며시 푸푸의 귀를 만졌다. 차가운데 부드러웠다. 햇볕 때문인지 푸푸의 피부가 많이 갈라져 있었다. 코끼리는 햇볕을 무척 싫어한다고 한다.

이나는 푸푸와 눈이 마주쳤다. 푸푸가 푸우 하며 웃었다. 옆에서 채강이는 푸푸를 따라 했다. 둘이 죽이 맞아 한 번씩 푸우 푸우 하고 주고받았다. 마치 둘이 노래를 부르는 것 같았다.

한참 먹이를 주며 함께했더니 이나는 푸푸와 더 가까워진 것 같았다. 이제 식사를 마친 푸참, 푸푸와 함께 머드 목욕을 하러 갈 차례다. 푸참, 푸푸가 사람들에게 목욕 장소를 안내하려는지 방향을 틀어 걷기 시작했고 일행은 둘을 따랐다. 이나와 채강이는 푸푸 옆에 가까이 붙어 걸었다.

머드 강에 도착했다. 처음에 푸푸는 들어가지 않으려고 했지만 푸참이 들어가는 것을 보고 같이 들어갔다. 이나 일행도 같이 들어갔다. 강 깊이가 무릎 정도밖에 안 돼서 이나는 손으로 진흙을 퍼 푸푸의 몸을 닦아 주었다. 시원한 흙이 좋은지 푸푸가 엉덩이를 흔들었다. 푸푸가 진흙 묻은 코로 이나의 팔을 쓱 문질렀다. 푸푸에게 마사지를 받으니 이나는 축축하면서도 기분이 좋았다.

목욕재계를 하고 옆에 있는 깨끗한 강으로 옮겼다. 푸푸가 깨끗하게 씻는 걸 도와줘야 한다. 서양 가족이 푸참을 맡았고, 푸푸는 이나 일행이 챙겼다. 푸푸는 기분이 좋은지 코로 물을 들이마신 후 이나와 채강이에게 뿜었다.

한바탕 목욕을 끝내고 가이드가 생수를 한 병씩 건네주었다. 이나는 목욕시키는 동안 물 한 모금 마시지 못해 목이 많이 말랐다. 이나는 한 번에 생수 반병을 마셨다.

"얼음물이면 더 좋았을 텐데."

채강이는 물이 미지근한 걸 아쉬워하다가 바로 고개를 저었다.

"아니다. 이게 어디야. 갖지 못한 것을 두고 아쉬워하지 말고 지금 내가 가진 것을 두고 감사해야지."

"그건 또 누가 한 말이야?"

이나가 묻자 채강이는 "쇼펜하우어"라고 대답했다. 채강이의 명언 수첩은 마를 날이 없다. 이나는 남은 물을 마저 다 마셨다. 푸참과 푸푸의 피부에서 윤기가 돌았다. 물로 깨끗이 씻고 나니 채찍질을 당한 흉터가 군데군데 보였다. 채강이가 푸참과 푸푸의 흉터를 가리키며 말했다.

"많이 아팠겠다, 그치?"

"그러게. 아직도 코끼리를 타고 쇼를 보는 관광이 많이 있대. 코끼리들한테 너무 미안해."

이나가 한숨을 내쉬며 말했다.

"언니, 푸푸와 푸참도 예전 일 다 기억할 거야. 코끼리는 기억력이 무지 좋대. 30년 전 자신을 학대하던 사람을 다시 마주쳐도, 늙어 버린 그 사람을 기억하고 매섭게 달려든다고 하더라고."

"정말?"

이나는 놀라서 푸푸와 푸참을 바라봤다. 얼마나 상처가 크면 잊지 못할까. 상처를 준 사람은 정작 기억도 못 할 텐데. 너무 불공평하다.

"언니, 근데 난 잊을 거야. 나 괴롭혔던 애들 더 이상 생각 안 할 거야. 걔네를 용서해서가 아니라 그 애들은 내 인생에 도움이 되거나 중요한 사람이 아니니까. 멀리 보면 내 인생의 조연, 아니 엑스트라밖에 안 되는 사람인걸. 난 소중하니까, 나를 소중하게 대할 방법만 생각할 거야."

채강이가 천천히 또박또박 말했다.

"오오, 멋있다. 이채강."

채강이가 일부러 과장되게 어깨를 으쓱했다. 그러고는 활짝 웃으며 숨을 내뱉었다.

"언니한테 말하고 나니까 속이 시원해. 아, 좋다! 역시 말해야 아는 거구나. 말하지 않으면 역시 모르는 거야."

"그렇지. 우린 초능력자가 아니니까."

이나가 웃으며 대답했다.

"아니, 초능력이라는 거 없어도 돼. 그냥 말해 버리면 되는걸, 뭐."

이나는 채강이의 말에 동의한다며 고개를 끄덕였다.

"아, 언니. 근데 나 큰일이야."

갑자기 채강이의 표정이 심각해졌다.

"왜?"

"나 처음으로 형제 있는 사람이 부러워졌어. 한 번도 그런 생각 한 적 없는데. 언니 동생은 좋겠다."

"내 동생은 그렇게 생각 안 할 거야."

"에이, 왜 그렇게 생각해? 언니 동생이 그렇게 말했어?"

"그런 건 아니지만."

이나는 주나에게 자신이 어떤 언니일까 생각해 봤다. 주나가 귀찮아 신경질 낸 적도 많고 톡톡댄 적도 많다. 주나가 자기 눈치 보는 걸 이나도 알고 있다. 이나가 따로 지내길 원했다는 걸 주나가 알게 되면 어떡하지.

채강이가 물놀이하는 코끼리들을 바라보며 말했다.

"푸푸랑 푸참이 지금 행복해 보여서 다행이야."

푸참과 푸푸는 사람을 겁내기보다 친근하게 여기며 가까이 다가왔다. 이나는 푸푸의 등허리 흉터를 가만가만 바라봤다. 잘 이겨 냈구나.

이나와 채강이는 코끼리들 옆으로 갔다.

"디디, 푸푸. 디디."

이나는 푸푸 옆에 서서 흉터를 만지며 조용히 말했다. 그 말을 알아들었는지 푸푸는 엉덩이를 흔들었다.

채강이가 이나 옆으로 쓱 다가왔다.

"디디, 채강."

채강이는 제 머리를 스스로 쓰다듬으며 말했다. 이나가 뭐 하는 거냐고 물었더니 채강이가 갑자기 손을 위로 올려 이나 머리를 쓰다듬었다.

"디디, 이나 언니. 언니도 잘했어."

이나는 뭘 잘했느냐고 묻지 않았다. 그냥 그 말을 받고, 다시 채강이에게 전달했다.

"디디, 채강."

코끼리 보호소에 다녀온 이나는 늦은 낮잠을 잤다. 저녁 5시쯤 자기 시작해서 밤 10시가 다 되어 일어났다. 엄마가 한 번 깨웠지만 너무 피곤해서 저녁도 먹지 않겠다고 했다. 그런데 일어나니 배가 고팠다.

"주방에 가서 뭐 좀 먹어."

옆에 누워 있던 엄마가 이나가 깬 것을 알아차리고 말했다. 이나는 걱정하지 말라며 방문을 열고 나왔다.

주방에 갔더니 미역국이 있었다. 이나는 미역국을 별로 좋아하지 않는다.

싱크대 서랍을 열었더니 태국 라면이 있었다. 지난번에 한번 끓여 먹어 봤는데 괜찮았다. 똠양꿍의 레몬 맛이 나서 처음에는 좀 꺼려졌지만 계속 먹다 보니 나름의 맛이 있었다.

냄비에 물을 올려놓았다. 라면을 넣으려고 하는데 이모가 주방으로 들어왔다.

"어? 라면 먹는 거야?"

"응."

"나도 먹을래."

이나는 넣으려던 라면을 봉지 위에 올려놓고 물을 더 부었다.

"우주는 자?"

"아니. 쿤이 안고 있어."

이모는 어깨가 아픈지 두 팔을 앞뒤로 돌렸다.

"이모, 내가 주물러 줄게."

이나는 이모 등 뒤로 가서 어깨를 주물러 주었다.

"아, 시원하다."

이모 어깨 근육이 단단하게 뭉쳐 있다.

"나는 아이 키우는 게 이렇게 힘든 일인 줄 몰랐어. 너희 어렸을 때는 가끔 보니까 볼 때마다 너희가 커져 있더라. 그래서 아이는 저절로 자라는 줄 알았거든."

"그런데 아니야?"

"당연하지. 나는 너희 때문에 걱정하는 언니를 사실 이해하지 못했어. 뭘 그렇게 안절부절못하나 싶었는데, 나도 그렇게 되더라. 언니가 나의 미래였어."

이나는 이모의 말이 잘 이해가 되지 않았다. 이모의 말처럼 경험해 봐야만 아는 것들이 인생에는 많다.

"어, 이제 라면 넣어야겠다."

이나는 가스레인지 앞으로 가서 라면 두 봉지를 물에 넣었다. 태국 라면은 한국 라면보다 끓이는 시간이 더 짧다. 이나는 젓가락으로 라면을 저었다. 매콤하고 시큼한 냄새가 올라온다.

"먹자, 이모."

이나가 냄비를 통째로 식탁 위에 옮겼다. 이모는 냉장고에서 김치를 꺼냈다. 이모가 우주를 낳기 전에 쿤과 함께 직접 담근 김치다. 여기 슈퍼에서도 한국 김치를 팔기는 하지만 직접 담근 김치가 더 맛있어 종종 담근다고 한다.

이나는 젓가락으로 라면을 건져 한 입 먹었다. 역시 첫맛은 새콤하다. 라면에 식초를 넣은 것 같다. 똠양꿍 맛이다. 레몬그라스를 넣은 똠양꿍은 시고 달고 짜고 매운데, 한국 사람들이 된장찌개를 좋아하듯 태국 사람들은 똠양꿍을 좋아한다.

"너 이제 잘 먹는구나."

"응."

이나는 이곳 음식을 계속 먹어서 그런지 이제는 낯설지 않았다.

"이 맛은 한국 가도 생각날 것 같아. 그런데 고수는 도저히 적응을 못 하겠어."

"고수 향을 모기가 싫어한대. 그래서 동남아 음식에는 고수가 많이 들어가는 거야."

"아, 그렇구나."

"나도 처음엔 고수 못 먹었어."

"정말? 이모 지금은 고수 엄청 잘 먹잖아."

"처음 태국 여행 오면서 외운 말이 '마이 싸이 팍치'야. 너도 알지, 그 뜻?"

이나가 고개를 끄덕였다. 식당에서 이나는 꼭 그 말을 한다. '고수는 빼 주세요'라는 태국어다.

"근데 어느새 고수가 맛있어지더라. 실수로 고수 빼 달라는 말을 안 해서 넣은 채로 먹었는데, '오? 괜찮은데?' 싶은 거야. 그다음부터는 고수를 넣어 먹었고 이젠 식당 가면 고수 많이 달라고 해."

이나도 계속 이곳에 있다 보면 고수를 좋아할 날이 오게 될까? 하지만 지금은 상상조차 안 된다.

라면을 다 먹자마자 이나는 설거지를 했다. 이나가 하지 않으면 내일 아침에 일어난 엄마의 몫이 될 거다. 그사이 이모가 망고를 꺼내 썰었다.

"이제 일주일 남았지?"

"응. 시간이 너무 빨리 지나갔어."

개학이 일주일 앞으로 다가왔다.

"이모, 나 한국에 가고 싶지 않아. 그냥 여기서 이모랑 살면 안 될까?"

"그럴래? 네가 여기서 우주 좀 봐 줘."

이나는 아무 대답도 하지 않았다.

"그건 싫지?"

"미안, 이모. 그건 못 하겠어. 그냥 한국에 갈게."

이나의 빠른 태세 전환에 이모가 웃었다.

"이나야. 언제든 여기 다시 와. 내가 기다리고 있을게."

이나는 알겠다고 고개를 끄덕였다. 기다려 준다는 말이 참 든든했다.

"이모, 난 미래를 생각하면 그냥 깜깜해. 나는 잘하는 것도 없고, 하고 싶은 것도 없어. 지금이 좋은 건 아니지만, 어른이 되는 건 더 싫어."

이나는 자주 고민하는 것을 이모에게 털어놓았다.

"에휴, 이나야. 뭘 그렇게 먼 미래를 걱정해?"

"내 미래니까 걱정하지. 남 미래면 걱정 안 해."

"그렇긴 하네."

이나 말을 듣고 이모가 깔깔 웃었다.

"이나야, 그런데 10년, 20년 후 일을 아는 사람이 어디 있겠어? 나도 네 나이 때는 지금의 삶을 상상조차 한 적이 없어. 내가 이렇게 태국 남자랑 결혼해서 태국에서 살 줄 알았겠어?"

"그럼 이모는 내 나이 때 어땠어?"

"그땐 덕질하느라 바빴지. 나는 우리 오빠들만 있으면 행복했어."

이모는 다시 그때로 돌아간 것처럼 행복한 표정을 지었다.

"참, 너 그림 그리는 거 좋아하잖아. 좋아하는 것만 있으면 돼."

"잘하는 거 없어도?"

"잘한다는 건 기준이 애매해. 나는 잘한다고 생각하는데, 남들은 다르게 생각할 수 있어. 반대로 나는 잘하지 못한다고 생각하는데 남들은 잘한다고 생각할 수 있어. 하지만 좋아하는 건 내가 알아. 너 화실 나갈 생각 하면 즐겁지?"

"응."

"그럼 됐어. 이모가 살아 보니까 잘하는 거 없어도 인생 사는 데 아무 문제 없더라. 그런데 좋아하는 게 없다? 그건 진짜 문제야."

이모는 결국 삶을 지켜 주는 건 좋아하는 무언가라고 했다. 좋아하는 게 있어야만 살아갈 수 있다고, 살아 낼 수 있다며 말이다. 어쩌면 이나는 나중에 채강이네 엄마처럼 일러스트를 그리며 살아갈지도 모른다. 뭐, 직업으로 삼지 않아도 좋다. 언제 어디서든 이나는 그림을 그릴 수 있으면 즐거울 것 같다.

"이모, 그럼 나 지금 괜찮은 거야?"

"뭐가 안 괜찮은 것 같은데?"

"그러게."

막상 괜찮지 않은 점을 찾아보려고 하니 찾을 수가 없다. 이나는 그냥 웃었다.

"지금 내가 문제야. 언니 없이 지낼 생각 하니까 벌써부터 슬퍼진다. 혼자 우주 어떻게 보니."

이모가 과장되게 얼굴을 찌푸렸다.

"그래도 엄마 잔소리는 안 듣잖아."

지난 3주 동안 엄마와 이모가 싸운 횟수는 열 손가락이 넘는다. 이틀에 한 번은 싸운 것 같다. 처음에 이나는 둘이 다투는 것을 보고 어떻게 해야 할까 걱정했는데, 둘이 곧바로 화해하는 모습을 보고는 그러려니 했다.

"나는 엄마랑 이모가 그렇게 싸울 줄 몰랐어."

"그러게. 나도 몰랐어."

"그 전엔 엄마랑 잘 안 싸웠지?"

"응. 그럴 시간이 없었어. 언니랑 내가 나이 차이가 많이 나잖아. 같이 놀 수 있는 나이가 아니니까. 게다가 언니가 고등학생 때부터는 기숙사 생활을 해서 같이 있을 시간이 없었어. 난 언니랑 이렇게 오래 같이 지낸 게 초등학생 이후로 처음인 것 같아."

"그럼 둘이 언제 친해진 거야?"

"이번에?"

이모가 웃으며 대답했다.

"언니가 산후조리 도와주러 온다고 해서 많이 놀랐어. 불편하면 어쩌나 걱정도 되고. 그런데 언니 없었으면 어쩔 뻔했나 싶어. 우리는 너랑 주나처럼 친한 사이가 아니야."

"이모, 우리도 안 친해."

"너희 둘이 맨날 붙어 다녔잖아. 사실 나 그거 보고 질투했다. 나는 언니랑 둘이 그런 적이 없는데 너희는 너무 친하니까."

이나는 주나와 늘 붙어 있었다. 어렸을 땐 항상 함께 무언가를 했다.

이나는 주나와 이렇게 오래 떨어져 있어 본 적이 난생처음이다. 고작 각자 학교에서 수학여행을 갔을 때 삼사일 떨어져 있은 적밖에 없다. 함께 있는 게 너무 당연했다. 그래서 지겹기도 했는데. 이나는 주나가 있어서 안심이 된 적도 많았다. 이나가 주나에게 그랬던 것처럼 주나도 이나에게 '믿는 구석'이었다.

"주나 보고 싶지?"

"뭐, 그냥."

그때 우주 우는 소리가 들렸고 쿤이 우주를 안고 나왔다. 우주가 배가 고픈가 보다. 이모가 방으로 들어갔다. 주방에는 이나 혼자 남았다. 밤은 참 고요하다. 조용한 밤에 홀로 있으면 세상과 나 둘만 존재하는 것 같다.

'못 할 거 같아'는 '못 해'가 되어 버렸고 특별하고 잘난 사람들 사이에서 혼자만 별 볼 일 없는 사람이라고 생각했다. 왜 그런 생각을 했을까. 이제 멍청한 저주에서 빠져나와야 할 것 같다. 누구도 그 저주를 이나에게 걸지 않았다. 이나 스스로 만들었기에 이나만이 풀 수 있다. 의자에 앉아 있던 이나가 그 자리에서 벌떡 일어났다.

주나에게 메일을 써야겠다.

별이 빛나는 밤에

오늘 코끼리 보호소에 다녀왔어. 보호소는 코끼리를 돌보는 프로그램을 운영하지만, 이곳도 사람들의 편의를 위해 만들어진 곳이잖아. 그래서 미안하더라. 코끼리와 함께 하루를 보내면서 코끼리에 대해 새로운 사실을 알게 되었어. 코끼리는 이타심이 높대. 다친 동료가 무리에서 뒤처지거나 넘어진 것을 목격하면 곧바로 다가가 상황을 파악하고 다시 일어서서 무리에 합류할 수 있도록 돕는대.

코끼리 이야기를 길게 했네. 사실 그 이야기를 하려고 한 건 아닌데...

주나야, 오늘은 조금 힘든 이야기를 해야 할 것 같아. 네가 물었지. 너랑 나 사이에 무슨 일이 있었던 거냐고. 너에게 말을 해야 할지 말아야 할지 계속 고민했어. 그래도 이야기할게.

한참 병원 다닐 때 너한테 서운한 일이 있었어. 내가 이야기하지 않아서 너는 모를 거야. 인터넷으로 뭘 찾으려고 하는데 마침 핸드폰 전원이 나갔어. 그때 주방 식탁 위에 있는 네 핸드폰이 있더라. 너는 샤워 중이었고. 잠깐 검색만 할 생각에 너에게 묻지 않고 네 핸드폰을 썼어. 그때 라임이한테 "너희 언니 진짜야?"라는 메시지가 왔어. 내 이야기인 것 같아서 그 메시지를 클릭했어. 그 전에 너랑 라임이가 주고받은 메시지가 나오더라. 라임이가 주말에 우리 집에 놀러 와도 되냐고 물었고, 너는 내가 병원에 가서 괜찮다고 했어. 라임이는 무슨 병원이냐고 물었고, 너는 "신경정신과"라고 대답했어. 라임이가 너희 언니 어디가 아프냐고 다시 물었지.

— 몰라, 정신병이래. 완전 웃겨.

그 메시지를 보고 숨이 턱 막히더라. 어떻게 친구한테 그렇게 말할 수 있는지 그때 너무 충격을 받았어. 네가 너무 밉더라. 너를 보는 것도, 네가 나한테 말을 거는 것도 견디기가 힘들었어. 다른 사람도 아니고 네가, 어떻게 네가 그렇게 나에 대해 말할 수 있을까. 너를 볼 때마다 힘이 들었어. 너뿐만 아니라 세상 모두가 나를 그렇게 보고 있을 것 같으니까. 그래서 너를 피했어. 너는 많이 답답했겠지. 내가 왜 그러는지 몰랐을 테니까. 네 메시지를 몰래 본 나도 잘한 게 없으니까 너한테 바로 말하지 못했어.
다행히 병원에서 만난 선생님 덕분에 나는 많이 괜찮아졌어.

지금 이 이야기를 하는 건 너를 원망해서가 아니야. 오히려 너에게 사과하기 위해서야.

있지, 주나야. 원래는 엄마가 치앙마이에 너랑 나를 같이 데리고 오려고 했어. 그런데 내가 부탁했어. 그러면 나는 혼자 한국에 남겠다고. 주나 너만 데려가라고 말이야. 그러고 나서 아빠 일이 잡혔잖아. 엄마랑 아빠는 나한테 물었어. 어디에 가고 싶냐고. 네가 베를린을 골랐고, 나는 여기 오게 된 거야. 너랑 같이 있을 수 없었거든. 그런데 여기에서 지내보니까 너와 같이 왔으면 좋았겠다 싶어.

미안해, 주나야. 그동안 너는 나를 이해하지 못했을 거야. 너는 이유도 모른 채 미움을 받았잖아. 그때 나는 그냥 다 미웠어. 너도 밉고, 나도 밉고, 다. 마음의 가시가 안팎으로 계속 자라서 아팠어. 내가 너까지 찔렀던 것 같아. 그런데 미웠던 건 네가 아니라 사실 나 자신이었어. 내가 나를 좋아해야만 다른 사람도 좋아할 수 있는 것 같아.

이 이야기를 너에게 하는 게 맞는지 많이 고민했어. 그래도 털고 가는 게 좋을 것 같아서 어렵지만 말을 꺼낸 거야. 내 마음이 너무 작았어. 한국에 돌아가면 마음이 조금 더 넓은 언니가 되도록 노력할게.

보고 싶다, 주나야.

세상이 멈춘 건가. 메일을 읽던 주나는 그대로 멈췄다. 머리도, 어깨도, 손도, 다리도 몽땅 다 굳어 버렸다. 라임이에게 그런 문자를 보냈던가. 그랬던 것도 같고 아닌 것도 같다. 주나가 기억을 해도 문제고 기억을 못 해도 문제다. 다른 사람에게 언니를 그런 식으로 말해 버렸다니, 기억도 못 할 말을 해 버렸다니.

주나는 한참을 움직이지 않은 채 그대로 앉아 있었다.

한국인의 밤 행사가 열렸다. 주로 한국학과 재학생들이 왔는데, 주나가 처음 만나는 사람이 많았다. 학교 근처에 사는 한국 교민도 왔다. 무대는 한국학과 건물 마당에서 진행한다. 날씨가 덥지 않고 딱 좋다.

"주나, 괜찮아?"

빈센트가 다가와 물었다. 빈센트는 물병을 건네주며 주나에게 긴장을 풀라고 했다. 연극 공연을 앞두고, 빈센트는 주나가 긴장해서 그렇다고 여겼다. 어젯밤에 잠이 오지 않아 새벽 3시가 되어 간신히 잠들었다. 언니의 메일을 받고 계속 멍하니 있었다. 원래 주나는 베개에 머리만 대면 곧바로 잠이 든다. 라임이와 서준이 사건을 알았을 때도 잠은 잤다. 그런데 어제는 잠이 오지 않았다.

춤 공연이 끝나면 그다음은 연극 공연이다. 주나는 단역이라 대사가 몇 개 안 된다. 주나는 자기가 출연하는 것보다 다른 배우들이 대사를 틀리지 않을까 걱정이다. 어제 리허설을 했을 때, 몇몇이 대사 순서를 잊었다.

"자, 다음은 오늘 한국인의 밤에서 가장 기대되는 공연이죠."

"네, 맞습니다. 연극 〈도깨비 여왕〉입니다. 박수로 맞아 주세요."

연극이 시작되었다. 어색할 줄 알았는데 배우들이 열연을 펼쳐 관객들이 다들 집중해서 공연을 봤다. 주나는 대본을 하도 여러 번 읽고 연습하는 걸 봐서 대사를 거의 외웠다. 배우들이 말하는 걸 그대로 입 모양으로 따라 했다.

주나 차례가 되었다. 주나는 무대 중앙으로 나갔다.

"내 원한을 풀어 주시오. 나는 이대로 못 가오."

여왕 도깨비가 주나에게 성큼성큼 다가왔다. 주나 머리 위에 손을 올리고 "모든 걸 잊고 가라" 하고 말했다. 주나는 흐느적흐느적 몸을 비틀대며 주저앉았다.

"고맙습니다. 나 마음 편히 가오."

곧바로 다음 장면으로 전환이 되어 주나는 무대 밖으로 나왔다.

중간에 쑤가 대사를 잊어버렸다. 주나는 자기가 대사를 잊어버린 것처럼 당황했다. 다행히 여왕 도깨비 배우가 애드리브로 다음 대사를 연결했다.

도깨비 여왕과 은탁이 재회하며 연극이 끝났다. 배우들이 무대 위로 올라가 손을 맞잡고 인사를 했다. 박수 소리가 엄청났다. 케이팝 공연 때보다 더 호응이 높았다. 무대에서 내려오며 주나는 배우 한 사람 한 사람에게 "수고했어요" "정말 잘했어요"라고 인사를 했다.

행사의 마지막 시간은 '한국인의 맛'이다. 한국인 교수님과 교민들이 학생들을 위해 한국 음식을 준비해 주었다. 김밥과 잡채, 불고기가 상 위에 푸짐하게 차려졌다. 사람들이 접시 위에 음식을 폈다. 주나도 음식을 담았다. 여기 와서 아빠와 종종 김치찌개나 된장찌개를 사 먹어서 한국 음식이 그립지는 않았다. 주나는 김밥을 별로 좋아하지 않는다. 그건 아마 이나도 마찬가지일 거다. 태어나서 자매가 가장 많이 먹은 음식 중에 하나가 김밥이다. 정말 자주 먹었다. 엄마와 아빠가 일 때문에 귀가가 늦어 주나와 이나 둘이 저녁을 먹는 경우가 많았다. 초등학교 저학년 때까지는 가사 도우미가 저녁을 챙겨 주었지만, 이나가 초등학교 고학년이 되면서 더 이상 오지 않았다. 엄마는 김밥에는 모든 영양소가 다 들어 있다며 되도록 김밥을 사 먹으라고 했다. 자매에게 김밥은 소풍날 먹는 음식이 아니라 부모님이 늦게 오는 날 먹는 음식이다.

"이거 이름 뭐야?"

빈센트가 잡채를 가리키며 물었다.

"잡채."

"잡채?"

"응. 잡, 채."

주나는 한 글자 한 글자 또박또박 다시 알려 주었다. 빈센트는 처음 듣는 단어라 그런지 발음하는 걸 어려워했다.

"왜 잡채냐면 말이지. 음, 잡다한 것을 채 썰어서 만들었기 때문이야."

주나는 떠오르는 대로 말했다.

"그래서 잡채구나."

주나는 그렇다고 고개를 끄덕였다. 사실 주나도 잡채의 정확한 어원은 잘 모른다. 이제까지 잡채를 먹으면서 왜 잡채인지 이름의 유래를 생각하고 먹은 적은 없다. 처음부터 잡채는 잡채였으니까. 이름을 알고 먹은 게 아니라 먹고 나서 이름을 알았다. 하지만 모든 것에는 다 그 이름이 붙은 이유가 있을 테다.

"빈센트, 네 이름은 왜 빈센트야? 혹시 너희 부모님이 반 고흐를 좋아하셨어?"

"맞아."

"역시 그렇구나."

주나 이름에도 뜻이 있다. 아빠가 동물원에서 신나게 노는 꿈을 꾸었는데 며칠 후에 엄마가 임신한 것을 알았다고 했다. 태몽이 동물원이라서 'ZOO'를 따서 주나라고 했단다. 언니 이나는 '이로운 나'가 되라는 뜻으로 이나이고, 자매니까 이왕이면 끝자가 돌림자면 좋을 것 같아 주나가 되었다. 왠지 본 제품에 딸려 오는 부록 같은 느낌이 들기도 했지만 주나는 제 이름이 마음에 들었다. 언니 이나와 자기 이름 주나를 따서 '나나 자매네 집'이라고 현관 앞에 적어 두기도 했다.

"주나, 많이 고마워."

"주나, 땡큐!"

지수와 미즈키, 쑤, 미셸 등 학생들이 와서 주나에게 인사했다. 주나는 연극 연습뿐만 아니라 오늘 사회 대본까지 써 줬다. 전날 리허설 때 대본 없이 진행하는 미셸과 미즈키에게 급하게 대본을 작성해서 주었다.

"이거 없으면 힘들었어."

미즈키가 대본이 적힌 종이를 흔들며 말했다. 미즈키와 미셸은 하루 동안 연습을 많이 했는지 진행이 자연스러웠다.

"나도 재밌었어."

주나는 이곳 학생들과 헤어질 생각을 하니 아쉬웠다. 오늘 한국인의 밤이 끝나면 더 이상 연습 모임이 없다. 주나가 한국에 돌아갈 날도 며칠 남지 않았다. 오늘이 이들과 만나는 마지막 만남이다.

"이제 나 한국 가."

주나의 말을 듣고 미즈키와 쑤, 지수가 주나를 안아 주었다.

행사가 끝나니 밤 9시가 넘었다. 원래 아빠가 학교에 데리러 오기로 했는데 한국에서 손님이 와서 늦는다고 했다. 대신 빈센트가 데려다주겠다고 했다. 주나는 거절하지 않았다. 어두운 밤이기도 했고 빈센트와 시간을 조금 더 보내고 싶었다.

"저기, 빈센트."

"응?"

"다른 사람한테 상처 준 적 있어?"

"상처? 때려서?"

빈센트가 곧바로 이해를 하지 못했다. 주나는 다시 풀어서 설명했다.

"아니, 몸 말고. 음, 그러니까 말이야. 마음을 아프게 한 적 있냐고. 일부러 그런 건 아니고, 실수야. 잘못이기도 하고."

"아."

빈센트는 이해했다고 고개를 끄덕였다. 주나는 언니와 있었던 일을 차근차근 털어놓았다. 조금은 긴 이야기이기도 했다. 빈센트는 가만히 들어 주었다.

"언니는 내가 미웠대."

그 말을 하며 주나는 울컥했다. 하지만 마른침을 삼켜 울음을 멈췄다.

"주나, 왜 나 한국말 좋아하는지 알아?"

"아니."

"한국말 감정 있어."

"응?"

이번에는 주나가 빈센트의 말을 이해하지 못했다. 늘 되묻는 건 빈센트였는데.

"한국말에서 '싫다'랑 '밉다' 달라."

"어떻게 다른데?"

"싫은 건 그냥 싫은 거야. 싫어하는 음식, 싫어하는 색깔. 단순히 '좋아해' 반대말이야. 그런데 '밉다'는 마음 있어. 미운 음식 없어. 미운 사람 있어도."

주나는 어렴풋이 빈센트의 말을 이해할 수 있을 것 같았다. 좋아해서 미워할 수 있는 거다. 좋아하는 마음이 없는 상태라면 그냥 싫어하는 게 될 거다. 오늘은 빈센트가 주나의 한국어 선생님역할을 했다.

"빈센트, 그러면 나 어떻게 해야 해?"

"미안해, 해야지. 말해, 언니한테."

빈센트는 너무 쉽게 답을 말했다.

"그렇지. 미안하다 해야지."

주나는 혼잣말하듯 중얼거렸다.

"주나, 잘못하면 잘못했다 말해. 고마우면 고맙다 하고."

빈센트는 어린아이에게 일러 주듯 차근차근 말을 했다.

"빈센트, 그러면 나 너 좋아해."

"응?"

빈센트가 깜짝 놀란 표정을 지었다. 빈센트보다 더 놀란 건 그 말을 한 주나다. 아니, 왜 이야기 전개가 이렇게 됐지? 머릿속 나사가 하나 빠져 버린 게 분명하다. 주나는 상황을 수습하기 위해 다시 말했다.

"말하라며? 그래서 한 거야. 내가 너 좋아하거든."

세상에 이런 뜬금없는 고백이라니. 주나는 이 상황이 이상하고 이상해 웃었다.

"주나, 이거 장난해?"

"아니. 내가 왜 장난을 해?"

주나가 정색하자 이번에는 빈센트가 웃었다. 빈센트도 이상하고 이상한가 보다.

"빈센트, 오해하지 마. 나 금사빠 아니야."

"아, 나 그 말 알아. 한국 드라마에서 봤어."

지금 한국말 퀴즈 시간이 아니잖아. 곧바로 주나와 빈센트 사이에 어색한 공기가 감돌았다. 어색해, 어색해, 너무 어색해.

"아, 모르겠다. 그래도 말하니 속은 편하네."

주나는 그 말을 내뱉고는 빈센트를 앞서서 걸었다.

"주나. 헤이, 주나!"

빈센트가 주나의 뒤를 따라왔다. 주나는 몸을 돌려 빈센트를 바라봤다.

"빈센트. 난 지금 너의 대답을 바라지 않아. 그러니까 우리 그냥 걷자."

주나의 부탁에 빈센트는 아무 말도 하지 않았다.

주변은 온통 조용하고 밤하늘에 별만 반짝인다. 주나는 하늘 위로 손을 내밀어 별을 만지려고 했다. 만져지진 않는구나. 여긴

참 별이 많다. 이 도시에 머물 날이 며칠 남지 않았는데, 주나는 이제야 이 도시가 마음에 들었다.

주나는 "스타리 스타리 나잇" 하며 노래를 부르기 시작했다.

집으로 돌아온 주나는 컴퓨터를 켰다. 언니에게 메일을 쓸 거다. 빈센트의 말대로 미안하면 미안하다고 말하면 된다.

메일함으로 들어가 '메일쓰기'를 눌렀다. 뭐라고 써야 할까. 제목에 '언니에게'라고 썼지만, 본문에는 아무것도 적지 못했다. 자판 위에 놓인 손가락이 움직이지 않는다. 주나의 메시지는 두고두고 언니에게 상처가 됐을 텐데, 그걸 미안하다는 말로 해결할 수 있을까?

한 글자도 못 쓰겠다. 미안해, 세 글자로 담기에 그동안의 시간이 너무 무겁다.

결국 주나는 메일 창을 닫았다.

나나정글에서 만나

주나에게 메일을 보낸 지 3일이나 지났지만 답 메일이 없다. 이나는 아무래도 괜히 이야기를 했나 싶었다. 주나를 탓하려던 게 아닌데. 주나 입장에서는 많이 황당스러울 거다. 미워했다는 고백이라니.

이나는 자동차 창문에 머리를 기댔다. 주나와 메일을 계속 주고받으면서 다시 예전처럼 가까워진 기분이 들었다. 거리로 따지면 가장 멀리 떨어져 있었지만 그 어느 때보다 주나가 바로 옆에 있는 듯했다. 한국에 돌아가서 주나 얼굴을 어떻게 봐야 할지 모르겠다. 이나의 메일 때문에 더 멀어지는 게 아닌지 걱정이다.

비포장도로가 나왔다. 이제 나나정글에 거의 다 도착해 간다. 울퉁불퉁한 길을 달려 나나정글 주차장에 도착했다. 주차장은 구획이 나뉘어 있지 않았다. 넓은 공터에 각자 알아서 차를 세우면 된다.

운전석과 조수석에 앉은 핌과 앨리스가 먼저 내렸다. 뒷좌석의 이나도 문을 열고 내렸다. 이나는 등을 꼿꼿이 펴고 서서 가슴을 뒤로 활짝 펴 숨을 들이마셨다 내쉬었다. 드디어 나나정글에 도착했다.

오늘이 마지막 나나정글이다. 다음 주 수요일이면 한국에 간다. 채강이는 엊그제 먼저 한국으로 갔다. 채강이는 전학을 가기로 결정했다. 도망치는 것이 아니라 새로운 곳에서 새롭게 시작한다고 생각하니 마음이 편하다고 했다.

채강이는 제 얼굴에 똥모자를 쓴 자화상을 그려 이나에게 주었다. 이나가 처음 만났을 때 이야기를 해 주었더니, 똥소녀 캐릭터가 마음에 든다고 했다. 채강이는 이나에게 잘 있으라는 인사를 하고는 "헤어짐이 아쉽다면 다음 만남을 기약하라" 하고 말했다. 그건 누가 한 말이냐고 물으니 "이채강"이란다. 채강이는 한국에 가서 꼭 이나에게 연락을 하겠다고 했다.

트렁크를 열어 수레와 상자를 내렸다. 그 안에 오늘 판매할 물건이 들어 있었다.

"레츠 고, 이나."

앨리스가 이나의 등을 살짝 밀었고, 이나는 나나정글 안으로 들어갔다.

7시가 채 되지 않았지만 벌써 구경 온 사람들이 있었다. 나나정글은 매주 토요일 7시부터 11시까지만 열리기 때문에 10시만 되면 파장 분위기다.

핌과 앨리스의 판매대는 나나베이커리 옆이다. 나나베이커리에서 계산을 하고 나오는 길에 가장 먼저 보이는 곳이다. 나나정글에서 가장 인기 있는 곳이 바로 나나베이커리라 근처에 자리 잡는 게 좋다. 간이 탁자 위에 핌과 앨리스가 만든 액세서리를 진열하고 있는데 고소한 빵 냄새가 진하게 났다. 앨리스가 빵을 먹겠냐고 물었다. 이나는 곧바로 "예스!"라고 대답했다.

"아이 윌 바이 브레드."

이나는 아까 입구에서 받은 번호표를 꺼냈다. 나나베이커리에 들어가려면 번호표가 필요하다.

크림치즈가 올라간 페스츄리와 크루아상, 에그타르트를 골랐다. 빵을 구매하면 커피는 무료다. 이나는 커피까지 받아 판매대로 돌아왔다. 그사이 앨리스와 핌은 액세서리 정리를 다 했다. 이나가 둘에게 커피를 건네자 앨리스는 눈을 감고 커피 향을 먼저 맡았다. 그다음 한 모금 마시고 천천히 맛을 음미했다. 핌이 같이 마시지 않겠냐고 했지만 이나는 손을 내저으며 괜찮다고 했다. 이나는 커피를 마시면 잠을 더 못 잔다. 한두 번 친구들 따라 마셨다가 잠이 오지 않아 고생하고는 그다음부터 마시지 않는다. 이나는 이따가 땡모반을 마시겠다고 대답했다. 대신 봉투에서 빵을 꺼내 한 입 베어 물었다. 아침에 갓 구운 빵은 역시나 맛이 좋다.

조금 식긴 했지만 고소한 버터의 풍미는 그대로다. 이나는 금세 빵을 하나 다 먹었다. 앨리스와 펌은 천천히 커피와 빵을 번갈아 가며 먹었다.

나나베이커리에서 나오던 손님들이 액세서리에 관심을 보이며 한 번씩 보고 갔다. 구경한다고 다 사지는 않지만, 열 명쯤 구경하면 한 명은 구매한다.

"하우 머치?"

한국인 관광객이 이나에게 영어로 물어본다.

"이건 100바트예요. 목걸이도 되지만 팔에 두르면 팔찌로도 쓸 수 있어요."

이나가 한국말을 하자 물어본 여자뿐만 아니라 같이 온 남자도 깜짝 놀란다.

"어머, 한국인이세요?"

"네."

"아, 그렇구나."

이나는 여자 팔에 목걸이를 둘러 주었다. 여자는 예쁘다며 목걸이를 사 갔다.

처음 나나정글에 왔을 때 이나는 누구 봐도 한국인이기에 한국 관광객들은 이나에게 한국어로 물어봤다. 하지만 이제 한국인들은 이나를 보고 고개를 갸웃한다. 이나는 태국 사람들이 한국인, 중국인, 일본인을 보자마자 구분하고 그 나라 말에 맞게 말을 거는 걸 보고 신기하게 여겼는데 그 이유를 알았다. 바로 옷차림 때문이다. 나라마다 사람들의 옷 스타일이 다르다. 이나가 입고 있는 옷과 머리끈, 팔찌, 목걸이는 모두 여기 와서 구입한 거다. 한국에서 옷을 여러 벌 가져왔지만 거의 입지 않았다. 치앙마이에서 산 옷이 훨씬 편하다.

이나는 고개를 돌려 나나정글을 찬찬히 바라봤다. 오늘이 나나정글에 오는 마지막 날이다. 이나의 방학도, 엄마의 휴가도 이제 끝이기 때문이다.

앨리스와 핌이 화장실에 다녀오겠다고 했다. 이나는 혼자 판매대 앞에 앉았다. 액세서리를 정리하고 있는데 손님이 왔다.

"이거 얼마예요?"

한국말을 듣고 이나가 고개를 들었다. 상대가 이나를 보고 웃고 있었다. 이나는 "아" 하고 소리를 내고는 침을 꿀꺽 삼키고 대답했다.

"원래 100바트인데 90바트만 주세요."

"그게 얼만데?"

주나는 모르겠다는 표정을 지었다.

"3500원 정도?"

주나가 고른 건 핌이 만든 반지였다.

"사실 나 돈 없는데. 언니가 좀 사 줘. 헤헤."

이나는 주머니에서 100바트를 꺼내 계산 통에 넣고는 그 반지를 주나에게 건넸다.

"여기 어떻게 온 거야?"

"아빠가 치앙마이 경유하는 표를 샀대. 우리도 우주 봐야 하니까."

주나는 나나베이커리 쪽을 가리켰다. 줄 서 있는 엄마와 아빠의 뒷모습이 보인다. 지금이 한창 줄 설 때라 빵을 사려면 조금 더 기다려야 할 거다.

화장실에 갔던 핌과 앨리스가 돌아왔다. 이나는 둘에게 주나를 소개했다. 핌은 이나에게 동생을 데리고 나나정글 구경하라고 했다. 이나는 일어나서 주나 옆에 섰다.

"언니, 저게 땡모반이지?"

주나는 블로그에서 봤다고 했다.

"마실래?"

이나는 땡모반 두 개를 주문해서 주나에게 건넸다.

"와, 정말 맛있다."

주나는 달고 시원하다며 수박주스를 계속 마셨다. 땡모반을 처음 마셨을 때 이나의 표정도 꼭 저랬을 거다.

"저것도 맛있어."

이나는 메추리알 토스트 파는 곳을 가리켰다. 대기 시간이 길기에 이나는 얼른 뛰어서 줄을 섰다. 그런데 주나가 따라오지 않았다. 고개를 돌려 보니 주나가 그대로 서 있다.

이나는 줄을 서려다가 말고 다시 주나에게 갔다. 주나는 고개를 숙인 채 서 있다.

"왜 그래?"

"나도 언니 미웠던 적 많아."

이나는 그 말을 듣고 멈춰 섰다. 찌릿하고 몸에 전기가 통하는 기분이 들었다.

주나가 천천히 고개를 들어 이나를 바라보았다.

"그러니깐 우린 비긴 거야. 언니만 나 미워했던 거 아니니까."

이나가 미소 지으며 대답했다.

"알았어."

"그래도 미안해, 언니."

주나에게 뭐라 말을 해야 할까. 이나는 잠시 고민하다가 대답 대신 오른손으로 주나의 왼손을 잡았다.

"얼른 가자. 여기 이제 시간 얼마 안 남았어."

이나와 주나는 손을 맞잡은 채 나나정글 안을 걷기 시작했다. 둘은 아직 못다 한 이야기가, 앞으로 나눌 이야기가 많이 있다.

사랑하는 당신에게

당신이 그렇듯, 나 역시 여행을 무척 좋아한다. 날이 좋으면 날이 좋아서, 비가 오면 비가 와서, 음식이 맛있으면 맛있어서, 길을 잃으면 길을 잃어서……. 여행에서의 시간만큼은 '그곳'이라는 이유만으로 좋은 기억으로 남아 있다.

그 도시들을 잊어버리기 싫어서 헨젤과 그레텔처럼 다시 돌아오기 위해 돌을 떨어뜨려 놓는데, 가장 많이 놓아둔 곳이 바로 치앙마이와 베를린이다.

그곳을 떠나온 지 꽤 오래 됐지만 지금도 생각하면 마음이 몽글몽글해진다. 두 도시가 그리워 이 글을 쓰게 되었기에 이번 소설은 인물이나 사건보다 배경이 먼저 시작됐다.

이제까지 여러 편의 이야기를 썼지만 자매를 다룬 적은 없었다. 너무 내 이야기 같을까 봐 피했던 것 같다. 자라면서 연년생 언니와 나는 '1일 1전쟁'을 치렀다. 동네 아이들이 지켜보는 가운

데 주먹질을 하며 싸우기도 했고, 말다툼을 하다가 밤을 새운 적
도 여러 번이다. 스무 살이 훌쩍 넘어서도 그렇게 싸웠다.

　하도 싸우다 보니, 엄마가 우리 둘의 머리카락을 묶어 뒀다. 이
나와 주나 자매 사이에 일어난 일 가운데 많은 에피소드가 실제
경험담이다. 그렇게 싸웠지만, 언니는 내가 작가가 된다고 했을
때 혹여 밥벌이를 못 하면 빈센트의 동생 테오처럼 나를 먹여 살
리겠다고 했다. 언니가 작은 수술을 받았을 때 만약 잘못되면 나
도 따라 저세상으로 가야지, 하고 속으로 다짐했다.

　나이가 들면 들수록 힘든 일은 많아진다. 그리고 다행스럽게도
나를 위로하는 것도 많아진다. 재작년 우리 가족에게 힘든 일이
있었다. 가족이라서, 가족이니까 버티고 견딘 시간이었다. 이 글
은 그 시간 동안 썼다. 어려움이 있을 때마다 나를 이끌어 내 주는
이야기들과 가족에게, 늘 응원의 말을 해 주는 최성휘 팀장님과

자음과모음 편집부에 고마움을 전하고 싶다.

지난해 초부터 시작된 코로나19가 아직도 한창이다. 2년에 걸쳐 이 소설을 수정하면서 이야기가 마치 판타지처럼 느껴졌다. 부디 이 시기가 오래가지 않길 바란다. 모두 잘 버티고 견디어서 시간이 흐른 후 "아, 그때 그랬잖아" 하고 웃으며 이야기할 날이 반드시 올 거다.

함께 힘내요, 우리.

2021년 여름
김혜정

디어 시스터

© 김혜정, 2021

초판 1쇄 발행일 | 2021년 8월 13일
초판 4쇄 발행일 | 2023년 11월 1일

지은이 | 김혜정
펴낸이 | 정은영

펴낸곳 | (주)자음과모음
출판등록 | 2001년 11월 28일 제2001-000259호
주   소 | 10881 경기도 파주시 회동길 325-20
전   화 | 편집부 (02)324-2347, 경영지원부 (02)325-6047
팩   스 | 편집부 (02)324-2348, 경영지원부 (02)2648-1311
이메일 | jamoteen@jamobook.com
블로그 | blog.naver.com/jamogenius

ISBN 978-89-544-4750-8(43810)

잘못된 책은 교환해 드립니다.
저자와의 협의하에 인지는 붙이지 않습니다.